新潮文庫

真昼の悪魔

遠藤周作著

新潮社版

3326

真昼の悪魔

プロローグ

少し寒いが、よく晴れた日曜日だった。

四谷の上智大学にそった土手道で子供たちが声をあげて走っていた。子供たちはそばの聖イグナチオ教会のミサに来たのだが、九時のミサが終って親たちが神父と外で雑談をしている間、土手で遊んでいるのである。

九時のミサのあと十時のミサが行われている最中である。

ひろい教会では外国人の信者もかなり交って隙間《すきま》のないほどぎっしり詰っている。ちょうど、福音書の朗読が終って、説教がはじまるところで祈禱《きとう》席のあちこちで咳《せ》きこむ音や鼻をすする音が聞えてくる。

「今日は」

白髪の柔和な顔をもった外人神父が信者を祝福してから話をはじめた。

「悪魔の話をしたいと思います」

うつむいていた信者たちはびっくりしたようにこの神父に顔をあげた。普通ミサでこんな悪魔の話など滅多にすることはないからだ。

だがこの外人神父は上智大学の聖職者のなかでもすぐれた哲学者として有名な人だった。彼の書いた『聖トマスの存在論』や『スコラ哲学概論』は日本の学界でも高く評価されている。

「皆さまのなかで『エクソシスト』という小説をお読みになった人もいらっしゃるでしょう。あれは映画にもなりましたから映画を御覧になった方もおられるかもしれません」

手を前にくみあわせて、おだやかな微笑を皆に送りながら神父は流暢《りゅうちょう》な日本語で話をつづけた。

「それは一人の小さな娘に——無邪気で悪も知らなかった少女にある日、悪霊《あくりょう》がとり憑《つ》いた話です。少女はその日からまったく別の怖《おそ》ろしい人格になり、口にすることもできぬような行動をしはじめます。彼女の母親は精神医に相談し、神父に助けを乞《こ》い、その少女から悪霊を追い出すため、凄惨《せいさん》な努力を致します。『エクソシスト』はその努力の話です。

そんな馬鹿《ばか》げたことなど信じられぬと皆さんはおっしゃるでしょう。そんなものはアメリカの小説家がつくった作り話だとお思いになるでしょう。実際の事件ところがこの小説がモデルにした出来事が実際に米国であったのです。実際の事件と小説とが違っているのはただ一つ、悪霊がとり憑いたのは小説では少女ですが、実際の事件では一人の少年だったということだけです。

しかも、その事件にたちあった神父は——実は私の伯父でした」

この最後の言葉に祈禱席を埋めた信者たちは一瞬、水をうったように静まりかえった。神父は自分の話がみんなの心を惹《ひ》きつけたのを感じて、嬉《うれ》しそうにまた微笑をうかべた。

「少年に果して悪霊がとり憑いたのか。それとも、それは一時的な極度の精神錯乱にすぎなかったのか、——実際の事件に立ちあわなかった私にはわかりません。しかし私個人としては、むしろこの事件は悪魔とは別に関係のない精神錯乱によるものだと考えています。なぜなら悪魔というのは——普通みなが間違って考えているように人間を狂人にさせたり、奇怪な行動に走らせたりは滅多にしないからです」

彼はそう言って両手の指をくみあわせ、

「悪魔というと西洋では子供までが耳の長いあごの尖《とが》った絵を思いうかべます。あるいは手足の爪《つめ》ののびた鼠《ねずみ》のような怪物を想像します。どれもこれもが人間をぞっとさせるような醜い、いやらしい姿をしています。でも悪魔とはそんな滑稽《こっけい》な、あるいは我々が尻《しり》ごみをするようなものではないのです。悪魔は自分が悪魔だと訴えるような姿を少しも持ってはいません」

教会の外では午後からここで行われる結婚式のために礼服を着た若い青年たちがもう受附の机を運んでいる。四谷の駅では日曜日のせいで平日より降車客の人数は少ないが、それでも家族づれや恋人たちが次々と改札口を通りすぎていった。

このあかるい陽ざしの風景を見まわしても悪魔のことなど、まったく考えられもしない。実感も現実感もない。ここは第一、日本なのである。

だが聖イグナチオ教会のなかだけは、神父の巧みな話術のため、信者はひきこまれたように耳かたむけていた。

「では悪魔がいるとすれば、彼はどんな姿をしているのでしょうか。どんな風にあらわれるのでしょうか。上半身は人間で下半身は獣のような恰好《かっこう》で出てくるでしょうか」

誰かがくすくすと笑った。神父もその笑い声のした方角に笑顔をむけて、

「今、どなたかがお笑いになりました。お笑いになったのは無理もありません。私の話があまりに馬鹿々々しいからです。悪魔なんて殊更《ことさら》に持ち出したのが愚劣だからで

す。だが皆さん」

老神父はここで一段と声を大きくした。

「それが――悪魔の狙《ねら》いなのです。悪魔とは皆さんに自分が馬鹿々々しい想像の産物だと思われたがっています。悪魔なんて実在しない、愚劣なオカルト映画の主人公だと皆さんが考えることを望んでいます。そしてそういう心のなかに悪魔は目だたぬ埃《ほこり》のようにそっと忍びこむのです。

そう。悪魔は埃に似ています。部屋のなかの埃には私たちはよほど注意しないと絶対に気がつきません。埃は目だたず、わからぬように部屋に溜《たま》っていきます。目だたず、わからぬように……目だたず、わからぬように……。悪魔もまたそうです。悪魔の最大の詭《き》計《けい》は自分が存在しないように人間に思わせることだ……と」

アンドレ・ジイドという仏蘭西《フランス》の小説家がうまいことを申しました。悪魔の最大の

誰かが抑えていた咳をした。若い女性である。彼女はハンドバッグからハンカチを出して唇にそっと当てた。香水の匂《にお》いがほのかに漂った。

ミサが終ると祈禱席から立ちあがった信者たちはぞろぞろと外に出た。出口で日本

人神父が皆と挨拶《あいさつ》をとりかわしている。

彼女は笑顔をみせて知りあいの婦人たちと話をしていた。

「わたくしたち、これから『奇跡』という映画をみるのよ。とっても素晴らしいんですって」

「どこの映画？」

「フィンランドだったかな。一般上映はされないけど、みた人は皆、感動しているわ。一緒にいらっしゃらない」

「ごめんなさい。今日は駄目」

「また病院？」

「ええ」

彼女がたち去ると残った婦人の一人が友だちにたずねた。

「どなた？　あのかた」

「お医者さま。若い女医さん」

「奇麗な人ね」

若い女医はそれから二十分後、ホテル・ニューオータニの広いティールームで紅茶を飲んでいた。眼の前のひろい窓から水の流れる日本庭園がみえた。外人客たちが二、三人、橋の上で写真を撮っている。

彼女はさっきの神父の話を思いだしていた。悪魔の話。しかし彼女は神に実感を持たないように悪魔にも現実感を感じられなかった。

教会にはこれで一年かよったが、どうも溶けこめない。もともと教会に出かけたのは自分の心に巣くう何とも言えぬ空虚感のためである。信仰でも持てばこの空虚感と白けた気持は癒《いや》されるかと思ったが、それも駄目だった。

この白けた空虚感はまだ中学生だった頃からずっと続いている。高校の時も女子医大の学生になっても決して消えない。学生時代、勉強は優秀な成績をとったが、勉強も研究もぽっくりと穴のあいたようなこの胸を充《み》たしてくれなかった。恋愛の真似事《まねごと》も三、四回したが、それに酔えたことは一度もない。

誰も彼女のそんな心を知らない。彼女もまた教授や研究室の仲間にそんな自分の素顔は絶対に見せないからである。二つの顔をいつも使いわけて毎日を送ってきた。

紅茶を飲みながら彼女はさっきから、斜め右の席で一人の中年の男が自分をそっと盗み見ているのに気がついていた。こちらが眼をむけると、向うはあわてて顔をそらせた。

(そのうち、声をかけてくるだろう)

今までの何百回という経験でよくわかる。ハンドバッグから煙草《たばこ》を出して男を誘うようにゆっくりと吸った。

予想していた通り男がまるで彼女の紫煙に吸いこまれたように立ちあがり、テーブルのそばに来て、照れたような顔して、

「あの……」

「お一人ですか」

口臭のように関西弁のアクセントがその言いかたにまじっている。神戸か大阪から出張で上京してきた会社員にちがいない。こっちがわざと怪訝《けげん》そうな表情をして、

「ええ」

とうなずくと、図にのって、

「およろしかったら、一緒に食事、しませんか」

微笑《ほほえ》みながら女医は相手を傷つけないように断った。男はがっかりしたようにうなずいてカウンターの方に去っていった。

面倒臭いから断ったまでである。一緒に食事をしても向うが次に望むものが何であるかはわかっている。彼女には向うの望み通りに彼が泊っている部屋に行っても別にかまわなかった。みだらなこと、不道徳なことをしたとはまったく思わない。ただ、

そんな行為にはこの白けた気持を充たすだけの悪の快感が伴わないのだ。

二カ月前もこのホテル・ニューオータニの廊下でやはり一人の青年に誘われたことがあった。

「条件があるけど……よくって」

と彼女は微笑みながらその青年に話しかけた。

「条件って。お金？」

「いいえ。部屋に入ったらひとつだけ、言うことをきいて頂きたいの」

二人はエレベーターで旧館の六階までのぼった。エレベーターをおりる時、その青年はまわりの客に恥ずかしいのか、一人で先に出て、廊下をすたすたと歩いていった。

部屋に入ると男は、

「条件って？」

ともう一度たずねたが、彼女は笑ってバスルームに入った。

鏡のうしろ側にコップなどを入れる棚があって、そこに針やボタンを入れた小さなセロファンの袋がある。

その袋を破って針を出した。

バスルームを出ると青年はちょうど、ホテル備えつけの浴衣《ゆかた》に着がえているところだった。彼の持ってきた黒い鞄《かばん》の口がきたならしくあいて、そこによごれた靴下がつっこんであった。

「ひとつだけ、言うことをきいてくださるわね」

「いいよ」

青年は浴衣の胸をあわせながら簡単に応じた。

「掌をその机の上にのせて」

「こうかね。何をするの」

彼女は五本の指を大きく拡《ひろ》げた手の甲に縫針を突きたてた。悲鳴をあげて青年が飛びあがった。

「何をする」

「かして。取ってあげますから」

女医である彼女は針の突きさしかたはうまかった。黒い血が胡麻《ごま》つぶほど吹き出ているだけだった。

約束の通り、青年に体を任せた。だが悪いことをしているという快感は一向に起きなかった。愚劣な馬鹿々々しい時間つぶしだった。白々とした気持で彼女はその部屋を出た……。

（悪って何かしら、何が悪なのかしら）

その日もいつもと同じような疑問を彼女は思った。それは高校生だった頃から、いつも心に浮ぶ疑問だった。

悪とは一体、なんだろう。世間で言う悪。たとえば何かを盗む。人をだます。それは相手には迷惑をかけるだろうが、それ以上の何ものでもない。悪というようなものではない。人を殺す。しかし人を殺すのはほとんど貧しさや憎しみや欲望が伴っている。それ相応の理由がある。それ相応の理由があって人を殺すことが悪だとはとても思えない。また人を殺してはいけないと言うのは社会の秩序を保つため、たがいの身の安全を保証しあうための約束事にすぎないから、これを破っても良心をえぐるような辛《つら》さを感じるとはとても思えない。むしろ犯行が発覚しないか、発見されないかという不安や怖れのほうが人間には強いのだ。

ましてたかがホテルで行きずりの男と寝ることが悪だの破廉恥《はれんち》だのとどうしても思えない。なぜいけないのか、さっぱり、わからない。

だが、さきほど中年の男が誘ってきた時、彼女は微笑しながら断った。そんなことをしても、この白けた虚《うつ》ろな胸の穴が充たされないのを知っていたからである。

日曜日の病院はがらんとしている。

いつもは混雑している玄関のあたりも薬局待合室も外来患者がずらりと腰かけている長い廊下も人影はひとつもない。玄関前の駐車場も虚ろである。

緊急患者を入れる入口から彼女はクレゾールの臭《にお》いのこもった階段をのぼった。そしてストレッチャーや病室の食事運搬車をのせる広いエレベーターを使って病棟の四階でおりた。

午後の病棟は安静時間で静まりかえっている。

「今日は」

看護婦室を覗《のぞ》いて当番の二人の看護婦に声をかけ、

「異常はありません？」

「ああ、先生」

看護婦の一人がカルテから顔をあげて、

「四一八号室の柴崎さんが熱発《ねっぱつ》ですけど」

「ネブライザーはやりましたの」

「ええ、もう終りました」

うなずいて診察着を着ると聴診器《ステト》を持って彼女は大部屋に出かけた。柴崎という年よりは顔をあかくして眠っている。

「熱が少し出たようね」

うす眼をあけた患者に彼女はいたわるように笑いかけ、

「まだ少し気管支に血が残っている時は熱が出ますけれどね。大丈夫だから安心なさい」

やさしく説明した。聴診器を胸にあてて、

「ラッセルもあまり聴えないようよ」

そう言って毛布をかけなおして大部屋から出ていった。その姿が消えると、

「柴崎さんはええぞ」

隣りのベッドの患者が老人に声をかけた。

「あんなべっぴんのやさしい先生が主治医だからな。俺なぞ、男の医者に受持たれて、診察されてもさっぱり楽しくもないぜ」

女医は看護婦室に戻って解熱薬《げねつやく》の処方箋《しょほうせん》を書いてから五階の隅にある自分たちの研究室に行った。

陽にやけたカーテンの間から午後の光が研究報告や専門書の雑然と並んだ書棚にあ

たっていた。向いあった四つの机のひとつに彼女は腰かけて煙草を吸った。煙草は一人のときしか吸わない。

窓ぎわの実験台にシャーレや試験管がおいてある。そのそばに実験用の二十日鼠《はつかねずみ》を十匹ほど入れた箱がある。

その二十日鼠を彼女はじっと見つめていた。見つめているうちにその眼が異様に光りはじめた。

煙草を口にくわえたまま彼女は箱に手を入れて白い二十日鼠を一匹、つかまえた。桃色の小さな手足を懸命に動かしながら鼠は彼女の手のなかでもがいた。

手を握りしめる。掌から鼠の首と頭とが出ている。掌のなかで鼠の柔らかな、暖かな体が必死で抵抗している。彼女はその抵抗する感触を味わうように眼をつむり、強く、もっと強く掌を握りしめた。鼠は息たえた。

四人の女医

この世にはこんなに病人が多いのか。

クレゾールの臭いのする大学病院のながい廊下に外来患者やその家族がずらりと辛抱づよく坐《すわ》っていたが、その長い列をみて学生の難波《なんば》は今更のようにそう思った。

「後藤さん、酒井さん、飯田さん」

時折、診察室の入口に看護婦が姿をみせて名前をよびあげる。よばれた患者だけが診察室のなかに入ることができるのだ。

白衣を着た若い女医が颯爽《さっそう》と廊下を通っていく。その白衣の裾《すそ》から形のいい二本の脚がみえる。この病院は関東女子医大の附属病院だから、ほとんどの医者は女医なのだ。

（女医と言ったって、普通の娘だなあ……）

じっと見ると通りすぎる女医たちは難波の大学の女子学生たちとたいして変らない。喫茶店で懸命にチョコレート・パフェを食べたり、コートでラケットを振っている女の子たちなのだ。それなのにこうして白衣を着ると彼女たちはひどく立派で賢そうにみえる。

ストレッチャーに顔色のひどく悪い婦人が乗せられてレントゲン室に消えていった。もう受附にカードとレントゲンの紙袋を出してから半時間になる。

（帰ろうか）

面倒臭くなってきた。二週間前にひいた風邪はほとんど治りかけていて、時々、咽《の》喉《ど》の奥がむず痒《がゆ》くなり咳が出る程度だ。それなのに下宿の近所の町医者はレントゲンを撮って、

「断層写真《トモ》を撮ったほうがいいですな」

妙なことを言ったのである。

その町医者の紹介状をもらって今日ここにきた。

前から聞いていたが大学病院では診察を受けるまで随分ながく待たされる。顔の蒼《あお》白《じろ》い病人たちにまじって、じっと腰かけていると難波は本当に体の芯《しん》まで悪くなるような気がした。

「難波さん、豊田さん、氷山さん」

やっと名前を呼ばれてカードを手に持った看護婦に頭をさげ彼は診察室に入った。

「よばれた順で……上半身、裸になってください」

白いカーテンごしに教授らしい年輩の男性が回転椅子《いす》に腰かけ、そのまわりに若い女医たちが四、五人、たっているのがちらっとみえた。セーターをぬぎ、スポーツ・シャツをとって難波は自分より先の患者が出てくるまで小さくなっていた。

「次のかた」

と若い女医の声が聞えた。

礼をして教授の前の椅子に腰をおろした。女医とはいえ異性のたくさんの眼のなかで裸を曝《さら》すのは恥ずかしかった。

「難波さん、このレントゲンですね」

「はい」

レントゲン写真の台に電気がついて、教授はそれを鉛筆で指さしながら若い女医たちに説明しはじめた。独逸《ドイツ》語かラテン語をまじえて話をしているので難波にはよくわからない。

「このシャッテンは時々、骨のものと間違いやすいが、こういう輪郭はカベルネの特徴を出している。もっともその深さはトモをみねばわからないが……ほら、ブロンシイットから、こうなって……私のステトを」

女医の一人があわてて聴診器を教授に手わたした。平たいその聴診器の先を難波の胸にあてながら、

「はい、息を吸ってください……吐いてください」

と言う。言われるたびに難波は胸をふくらませたり、縮めたりした。息を吐きながらふと顔をあげると若い女医たちは真剣な顔で彼のレントゲンをみたり、カルテに何

かを書きこんでいる。

「レントゲンでみるとね、やはり風邪ではないようですな」

聴診器を耳からはずしながら教授は回転椅子の向きを変えた。

「左の上葉に空洞があります。もっとも深さは断層写真《トモ》を撮らねばよくわからないが……。今まで熱を出したり、痰《たん》に血がまじっていたことはなかったですか」

「いや、記憶ありませんけど」

「学生さんでしたね。入院できますか」

「入院？」

難波はびっくりして顔をあげた。考えもしなかったことである。

「入院するんですか？」

「菌《ガフキー》が出てればね。なにしろ伝染病ですから」

「就職が来年なんです」

「なら、なおのこと治療せねばならんよ、君」

教授の言葉が急に横柄《おうへい》になった。

そして女医をふりかえり、

「とりあえず喀痰《かくたん》検査と血沈。そうそう、断層写真《トモ》も撮っておくこと」

と命じた。

病室があくまで半月、難波は入院を待たされた。結核になるなんて夢にも考えていなかった。昔ならいざ知らず、今、肺病にかかるのは自動車事故の率よりはるかに少ない。そんな貧乏籤《くじ》を引きあてるのはよくよく不運だった。

「母さん、俺……胸をやられたんや」

と電話で神戸にいる母親に連絡すると、

「え？」

一声、そう言ったきり受話器のむこうは沈黙した。難波には母の打ちのめされた顔が見えるようだった。

「でも昔と違うて色々な薬があるさかい。三カ月ぐらいで治るそうや。だからこっちの病院に入院するわ。そのほうが学校との連絡でも便利やさかい……」

本当は半年ほど治療をする、と言われたのだが母親は勿論《もちろん》、父親にも無駄な心配をかけたくなかったから三カ月ぐらいで治ると嘘《うそ》を言った。

「母さんはすぐ上京するよってん」

「来んでええ。自分でやれるがな」

とに角、大袈裟《おおげさ》に考えないでくれと念を押して難波は電話を切った。

「え、肺病？」

大学の仲間は眼を丸くして彼の報告を聞いた。

「随分、時代遅れの病気にかかったもんだな」

「伝染する確率、十万分の一だってさ。日本の結核患者が百万人ならば十万分の一が俺なんだ」

と難波は頭をかかえて呟《つぶや》いた。もっとも彼の気持は病気に関してはそれほど深刻ではなかった。

「でも昔でなくて、よかったわ。昔の結核は二年、三年の入院もザラだっていうもの。わたくしの叔父なんか肋骨《ろっこつ》を八本もとったのよ」

グループの女の子がそう慰めてくれたが、それは本当だった。ひと昔前までは今の癌《がん》と同じように難病と言われた結核は最近は化学療法のめざましい進歩で長くて一年、普通半年で治癒《ちゆ》するのだと難波は新聞で読んだことがあった。

入院するまで皆が部屋の整理や学校の届けなど色々と手伝ってくれた。やはりグループというのは有難い。

入院の日、やっぱり神戸から母親がおろおろと上京してきた。

「父さんのほうにも母さんのほうにも結核の遺伝などないのに……」

とまだ馬鹿なことを言う母親に、

「遺伝とは何の関係もないんだよ。伝染なんだよ」

と難波は苦笑しながら説明した。

寝具は病院のものを使うから身の周りのものと洗面道具だけ持参しろとのことで、まるでヒッチハイクにでも行くような恰好でその日の午後、彼は母親と関東女子医大の白い建物に入った。

指定された第三病棟の四階に古びたエレベーターで昇り看護婦室で入院することを告げると、すぐに主任看護婦が四人部屋につれていってくれた。

二人の年寄り。一人の中年。それが午後の陽のさしたこの部屋の患者で、年寄りたちはベッドの上にあぐらをかいて碁をうっていたし、中年は腕を首の下にまわして部屋の隅においてあるテレビを見ていた。

「よろしゅう、お願い致します」

相変らずおろおろとしている難波の母親はその三人の患者に頭をさげ、神戸土産の瓦煎餅《かわらせんべい》の鑵《かん》をさしだした。

　パジャマに着がえて難波が与えられたベッドに横になっていると若い女医が診察に来た。半袖《はんそで》の白衣の胸に浅川と書いたバッジをつけていた。

「わたくしが主治医ですの」

　あとでわかったのだが入院患者の一人、一人を若い医局員が教授の指導のもとに担当していてそれを主治医とよぶのである。

　浅川女医は二十六、七歳で少し陽にやけているが、かなり可愛《かわい》い顔をしていた。聴診器で一応、胸の聴診をすませると血痰の有無、咳の回数などをたずねた。ひとつ、ひとつ難波が答えると、その可愛い顔が、うなずいた。姿を消したあとも彼女の化粧水の匂いがほのかにベッドのまわりに残っている。

「美人だろう」

　首に腕をまわしてテレビを見ていた中年の患者が向うから声をかけてきて、

「ほかの病院よりここの病院のいいところは、イカす女医が診てくれる点さ」

「皆さん、それぞれ女の先生に診察してもらっているんですか」

「そうだよ。今のが浅川先生。ぼくの主治医は渡来《わたり》先生、ほかに大河内先生や田上先生がここの病棟を受けもっている。もっともその四人のチーフは男の吉田講師だけど

「……」

「みんなイカす女医ですか」

「そりゃすきずきさ。でも合格よ、じゃないかな」

中年の男はテレビのCMのような言葉を使った。

看護婦室にも挨拶にでかけた難波の母親はさきほどの女医から慰められ、励まされたらしく、

「治るんやってねえ。今の肺病」

「そや、そう言ったやろ」

「母さんら、昔のことしか知らんさかい……ああ、これで安心した。父さんにすぐこのこと知らせなあかん」

「だから今晩でも、もう神戸に帰ってええのや。そうしろよ」

母が電話をかけている間も看護婦が来て検温を命じ、尿をとれと封筒に入れた試験管を彼に手わたした。

退屈だった。入院早々からこんなに退屈では今後の毎日が難波には思いやられたが、することがない。ベッドのすぐそばに前の患者が忘れたらしいカレンダーがぶらさがっていて、そこに赤鉛筆で丸じるしがしてある。きっと自分の退院予定日にマークを

したにちがいない。

「ここにいた患者さんは」

　と難波は中年男にたずねた。

「今月の十八日に退院したのですか」

「え？　そこの患者？」

　中年男は急に当惑したような表情で、

「なぜ、わかる。そんなことが……」

「カレンダーに丸いマークがついています」

「うん。退院じゃないけど……」

「死んだんですか」

　難波はおどろいて声を大きくした。死人のベッドに今、自分が寝ころんでいるのはあまり気持のいいものではなかった。

「いや」

　中年男は更に困ったように、

「死んだんじゃなく、勝手に病院を出ていったらしいんだ。俺はよく知らんが……」

　碁をうっている二人の年寄りに気を遣って、

「そうでしょう。畠山さん」

「ああ。行方不明になった加能さんのことか」

畠山とよばれた老人は黒碁石を指にはさんでうなずいた。

「何処《どこ》に消えたか、家族も知らんらしいな。警察の人が看護婦室に来て事情をきいていたが……」

「病気は何だったんですか。結核ですか」

難波は自分のベッドの先住者だけに好奇心にかられて畠山にたずねた。

「膿胸《のうきょう》だよ。もう二十年、結核やって揚句の果てに気管支瘻《ろう》を患《わずら》った、膿胸だろ。悲観していたものねえ」

「何ですか、その病気は?」

「結核、結核と言って甘く見ているといかんぜえ。こじれると加能さんみたいに五年間もここに入院することになるからな」

難波は不快になって黙りこんだ。事情はよくわからないが、このベッドに寝ていた先住者は自分の病気を悲観して何処かに蒸発したらしかった。

母が帰ったあと、六時頃に看護婦がアルミ盆にのせた食事を運んできた。病人にたべさせるにはあまりに情のこもらない、まずい飯である。

食事が終ったあと、寝転んでいると三人の女医が病室に入ってきた。さっきの浅川先生を除いた渡来先生、大河内先生、田上先生である。

彼女たちはそれぞれの自分の患者に今日の病状をきいたり、その愚痴に答えている。

「畠山さん、あなた、この間、病院を出て競輪に行ったでしょう。いくら薬を飲んでも安静を破れば治らないわよ」

娘のような田上先生に叱《しか》られて畠山老人はしきりに弁解をしている。

渡来先生は中年男の――彼の名は稲垣と言った――胸に聴診器をあて、大河内先生ももう一人の老人患者の岡本と雑談をしている。

(ま、かなりの美人がそろっているな)

不謹慎だが難波は三人の女医を盗み見ながらそう思った。むさくるしい男の医者にかかるよりはベン・ケーシーのような半袖の白衣を着て、スカートの下から形のいい脚をみせ、病室に入ってくる若い女医に診察してもらうほうが、病気も早くよくなるような気がする。

その三人の女医たちはそれぞれの患者を診おわると難波のベッドの前を通りかかり、

「今日、入ってきた方ですね」

大河内女医がやさしく訊《たず》ねてくれた。

「はい」

「異常ありませんね。さっき浅川先生が診察なさいましたか」

「ええ。ただ……ここのベッドにいた人は死んだんですか」

三人の女医たちはむっとしたような表情をとって、

「死にませんよ。気になりますか」

渡来女医が強い声で答えた。

「自発的に退院しただけです。御自分の病気以外のことに神経質になっちゃ駄目ですよ」

そのまま扉から一人、一人、廊下に姿を消していった。

別に神経質になっているわけではない。ただ退屈だから好奇心が動いただけである。

消灯時間は九時だった。九時前、難波は葉書を出してグループの一人に病院通信の第一号を書いた。

「見舞いにくる時はうまい食いものを持ってきてくれ。とに角、ここは飯がまずい。菓子、果物、大歓迎。ただ病棟づきの四人の女医さんたちはみな若く、可愛いか、奇麗か、魅力的なナオンちゃんで、それだけが慰めとなっている。終り」

幼き者を躓《つまず》かす……

大学附属の図書館を出た時、女医は玄関で吉田講師とすれちがった。笑いながら頭をさげると、

「病院に戻るのかい」

「はい」

「ちょうど良いところで出あったよ。君は音楽が好きだったな。ピアノも弾くとか」

「弾くというほどじゃありませんけど……」

「明後日、友人の家でホーム・コンサートがあるんだがね、行かないかな。いつも若いきれいな女医さんを連れてきてくれと、せがまれていてね」

彼女は少しあかくなって遠慮をしたが、結局は承諾させられてしまった。

吉田講師がなんのために誘ってくれたのかはほぼ想像できた。見合をさせるためにちがいない。前から彼は自分の弟子のなかで気に入った女医がいるとすぐ見合をさせる癖がある。

講師とわかれ細菌検査室から午後の陽のあたる第三病棟に戻りかけていると、向うから看護婦とその手にぶらさがった女の子がやってきた。うしろからもう一人、右手でのろのろと壁をさわりながら男の子がついてくる。

「先生」

頰が林檎《りんご》のように赤い看護婦は女医をみると嬉《うれ》しそうによびとめ、子供たちに、

「みんな、先生に今日はをおっしゃい。武ちゃんはこの先生に風邪を治していただいたんでしょ」

武と言われた男の子は壁に指をあてたまま、上眼づかいに、じっと女医をみている。第四病棟にいる智能《ちのう》の弱い児童患者たちだ。看護婦の言葉をよく理解できなかったらしいが、命じられるまま、

「ありがと」

と口をそろえた。

女医は思いだした。三カ月ほど前、宿直のため病棟の宿直室で仮眠をとっていた時、第四病棟の精神科看護婦室から電話があって、子供の患者が肺炎を起したらしいのですぐ来てくれと言ってきた。注射その他の支度をして行ってみると、この男の子が焦点のあわぬ眼で虚空《こくう》をみて寝かされていた。焦点のあわぬその眼つきは高熱のためか、

それとも智能の弱いせいか、専門でないからわからない。とりあえずペニシリン・ショックを調べてペニシリンをうち、あとは看護婦に薬その他の指示をした。

「ああ、あの子ね」

女医は微笑《ほほえ》みながらうなずいて、

「あれからもう病気はしないわね」

武の頭に手をおいた。男の子はまたじっと女医を見ている。

「どこに行くの」

「困っているんです。わたしが看護婦寮に食事に行くのに、どうしてもついてくると言ってきかないんです」

「一時まで暇だから、わたくしが散歩に連れていってあげましょうか」

「先生が、大変ですよ」

「むかし実習でやったことがあるわ。中庭をぐるっとまわって第四病棟に帰しておいてあげるわ」

若い看護婦は助かったというように、

「本当ですか。じゃ武ちゃんも京子ちゃんも先生とお散歩する？」

智能指数の弱い子は人なつこいところがある。女医が女の子の手を握ると武もそばに寄ってきた。

昼の休みで中庭の芝生には恢復期《かいふくき》にかかった患者やその附き添いたちが日なたぼっこをしていた。

中庭のまるい池に風が吹いて小波《さざなみ》がたっている。緋《ひ》や白の鯉《こい》が何匹もその小波のながれる方向に泳いでいて、

「ごらんなさい。鯉がいるわよ」

女医は精薄の二人の子供に教えた。そして彼等の背後から自分も池を覗《のぞ》きこんだ。京子も武も彼女の手をしっかりと握っている。全部を彼女に任せきっているのがよくわかる。

その時、この女医の頭に池の面を通る小波のようにひとつの言葉が走った。いつか上智大学のミサで聞いた聖書の言葉である。

「これら幼き者の一人を躓かせる者は、大いなる臼《うす》にかけられ、海に投げこまれるがましなり」

しっとりと汗ばんだ子供たちの手は少し気持わるい。二人とも眼が少し藪《やぶ》にらみのようである。智慧《ちえ》おくれのせいかもしれない。

(この子たちを……躓かせれば)

ふっとその想念が胸をかすめた。

ホーム・コンサートというものに彼女は初めて行った。今、東京のあちこちで流行しているらしいが、吉田講師が連れて行ってくれたのは代々木のある画家の仕事場《アトリエ》で、客の数は十四、五人ぐらいだった。ピアノの演奏者はロンドンから戻ってきた内山光子である。

アトリエがそう大きくない上、椅子の数も少ないため、客のなかには床に腰をおろし、横ずわりになったり、膝《ひざ》をかかえたりして聴いている人もいたが、すぐ間近でピアニストが演奏するので、その息づかいや表情もわかって迫力があった。アトリエの大きな窓から遠くに渋谷の街の灯がみおろせた。

リスト、ドビッシイ、それにモーツァルトと小品の曲目が続いた。

眼をつむって演奏を聴きながら女医は急に一昨日の二人の子供のことを思いだしていた。

「これら幼き者の一人を躓かせる者は、大いなる臼にかけられ、海に投げこまれるがましなり」

子供は悪を知らぬ存在である。だからその無垢《むく》な心に悪の染《し》みをつけることほど大きな罪はない。子供を悪に誘う大人は臼を首につけられ海に投げこまれても、その罰は足りない。

（でも、それがどうして、いけないのかしら）

彼女は子供が悪を知らぬ存在だとは思ってはいなかった。自分の幼いころや少女時代、無邪気を装《よそお》って大人をだますことには何の苦労もいらなかった。「まるで天使みたいな子です」と小学校の時、先生まで彼女の母親に言ったくらいである。だが大人たちはただ彼女のあどけない笑顔や澄んだ眼に誤魔化されていたにすぎなかった。

子供は決して無邪気でも悪を知らぬ存在でもない。ただ抵抗力がないだけだ……。

モーツァルトの宝石のような音が流れている。渋谷の灯のなかにパルコのネオンが見える。女医は高校の頃に読んだひとつの小説を思いだす。英語の教師がドストエフスキーに熱中していて彼女に『悪霊《あくりょう》』という本を貸してくれたのだ。

その主人公は子供を躓かさせた。彼はまだ娘にもならない一人の少女に目をつけ、夏の夕暮、少女の部屋でいやらしい行為を教えたのである。小さな体を犯された少女は拳《こぶし》をふりあげながら便所に入り、そこで首をくくった。男は少女が首をくくるのを百も承知しながら隣室でじっと坐ってその物音をきいていた。

なぜ、その主人公はそんな破廉恥な行為をしたのだろう。

高校生の頃、女医はその作品を読み終って嫌悪感《けんおかん》をおぼえたが他方その主人公の気持がわかる気もした。その男も彼女と同じように何もかもが空虚で白けて、何事にも無感動な毎日を送っていたにちがいない。なにが善でなにが悪か、心から実感をもって摑《つか》めなかったにちがいない。虚ろで白けた心を恢復させるためには世間がいやらしい悪と見なしていること、破廉恥と考える行為をしてみて、胸の奥底から鋭い呵責《かしゃく》を感ずるか、どうか試してみたかったにちがいない。だから彼は夏の夕暮、少女にいやらしい行為を強いたのだろう。

そのくせ読後感を英語の教師に聞かれた時、彼女は困ったように首をかしげて、

「むつかしくて、よく理解できませんでした」

と答えた。教師は一寸《ちょっと》がっかりしたように、

「君たちの年齢じゃあ、早すぎたかなあ」

とつぶやいた。

音楽会が終ってビュフェ・パーティになった。水わりのコップを持った吉田講師は主催者の画家夫妻や他の客たちに次々と彼女を紹介してくれた。

「女医さんなどと言うと、こわい感じがしますけど、あなたはそんな風にみえません

ね」

大塚という少し頭の毛はうすいが、まだ三十三、四の青年が彼女のためにコールド・ビーフを皿にとってくれながら話しかけてきた。

「むしろ血をみてキャーッと叫ぶお嬢さんみたいです」

「でも患者さんにはこわい顔もしますわ。結構、言うこと、きかせるんです」

と女医はフォークを動かし、水わりを飲みながら微笑んだ。

「大塚君は銀座の有名な時計屋オウトンヌの息子さんだよ。まだ独身なんだ」

吉田講師がそばに来て話のなかに入った。

「大塚君、ぼくの弟子には美人がいるだろう」

「ええ、びっくりしました。こんな先生なら病気になりたいぐらいです」

その夜、いろいろな客と女医はうちとけながら話をした。ピアニストの内山光子もそばに寄ってきて、

「今度、東京文化会館でリサイタルをするの。お招きするわ」

と誘ってくれた。みなに奨められるままにウイスキーを飲んでいると、眼はうるみ、頬が少しほてった。

「恥ずかしいわ」

と彼女は大塚に小声で言った。

「こんなに顔が赤くなって。女のくせに、おかしいでしょう?」

「今度、どこかに飲みに行きませんか」

大塚は両手を頬にあてて自分の酔いをたしかめている彼女を誘った。


「いらっしゃい」

女医はあたりを窺《うかが》って武を手招きした。

日曜日の病院が想像以上に人のいないことを彼女は長い間の経験で知っていた。

第四病棟の階段であそんでいた武は手招きして自分をよんでいる女医を、少し藪にらみの眼でじっと見つめた。

「いらっしゃい」

女医は手をさしのべた。ゆっくり武がその手をこの間と同じように握った。

そのまま階段を一歩、一歩おりて、第三病棟にある自分たちの研究室までこの智慧おくれの子供を連れていった。途中、だれにも会わない。

研究室に入れられると、武は急に手を放し、怯《おび》えた眼つきをした。

「こわくないわよ。お菓子をあげるからね」

机の引出しからビスケットの包みを出して、武に与えながら、

「遊んでいらっしゃい」

と言った。

（これら幼き者の一人を躓かせる者は、大いなる臼にかけられ、海に投げこまれるがましなり）

武の後頭部はいわゆる絶壁型である。そしてそのとろんとした眼の光は張りがない。ビスケットの粉をこぼしながら研究室の隅においてある二十日鼠《はつかねずみ》の飼育箱を見ている。武が何を見ているかに気づいた時、女医の心に水泡のように想念がひとつ、ひとつ浮んだ。

「見ててごらん」

女医は武を飼育箱のそばに連れていくと、箱のなかからこの間と同じように二十日鼠を一匹つかみだした。

ピンクの腹とピンクの小さな手脚とを懸命に動かしながら鼠は彼女の掌のなかでもがいた。チッ、チッという悲鳴にも似た声がその握りしめた指の間から聞えてくる。

「こわくないのよ。あなたもさわってみる？」

武はじっと彼女を見ている。彼女の言ったことを理解したのかどうか、わからない。

彼の手をとって二十日鼠の頭にさわらせた。

「こわくないでしょ」

やはり高校時代に読んだ『二十日鼠と人間』という小説をこの時、女医は思いだした。そうあの作品のなかでも智慧おくれの大きな男が二十日鼠の感触をたのしむ言葉があった筈《はず》だ。

「つかんでごらん、そら、両手で。逃げないから」

鼠を入れてやった子供の手を女医は自分の掌ですっぽりと包んだ。

「くすぐったい？　いい気持でしょう」

息をつまらせた鼠が自分の手のなかで動いている。それを感じるのは気持がいい。

その鼠を生かすのも殺すのも自分の意志ひとつだと感じるのも気持がいい。

「いい気持ね」

声をひそめて武の耳もとで囁《ささや》く。そして智慧おくれの子供の表情をじっと観察した。

武の眼と口のあたりにかすかな、うす笑いが浮んだ。うす笑いの浮んだ口を少し開いている。涎《よだれ》がたれかかっている。気持がいいのだ。

「いいこと。鼠に名前をつけなくちゃね。何という名にしようか。そう京子という名にしようね」

京子とは、この間、看護婦が武と一緒に連れていたあの女の子のことだった。痩《や》せこけて眼だけが鳥のように大きかった。

「京子が武ちゃんの手のなかで動いているよ。ほら動いている。もっと、もっと動くよ」

医学生時代に習得させられた催眠術がこのような物の言いかたをさせた。別に意識したわけではないがこの時、彼女の囁きかたは催眠に誘導する口調に似ていた。

「握ってごらん。つよく、手を握ってごらん。京子ちゃんが動くよ。もっと強く動くわよ。もっと、もっと」

武の手を包んだ自分の掌に力を入れ、二十日鼠を窒息させる。

「京子ちゃんが動くよ。いい気持ね」

武はうす笑いを浮べていた。うす笑いを浮べているのはこの子が快感を感じているためにちがいなかった。

「京子ちゃんが動く。動く……動かなくなった……手をひらいてごらん……動かなくなっている、京子ちゃんが……」

ビスケットでよごれた武の手と手との間からしめ殺された二十日鼠の死体が埃《ほこり》のよ

うに、音もなく床に落ちた。

「面白いでしょう」

彼女は智慧おくれの子供の耳に顔をよせ、囁くように言った。その時子供の髪の毛の臭《にお》いがぷんとした。

第四病棟に武を連れて帰った時も誰にも会わなかった。

「さよなら」

と彼女は武から手を放して、何げないように病棟から外に出た。

その日も五時まで研究室に残った。

「先生。よく勉強なさいますね」

帰り支度をして看護婦室によると何も知らぬ看護婦たちが声をかけてきた。

「家にいても……することもないんですもの」

「あら、先生なんかボーイ・フレンドがたくさん、おいででしょうに」

女医はあどけなく笑った。そして看護婦からチョコレートをもらってその銀紙をむきながらテレビの話や歌手のゴシップを聞いた。

「先生って、ほんとに子供ねえ」

途中で話にくわわった主任看護婦が女医をみて、しみじみと呟いた。

「まるで女子高校生みたいに無邪気……」

二十日鼠

痛くもなければ、特に苦しいわけでもない。ただ午後になると何となく頬のあたりが火照《ほて》って微熱のあることがわかるぐらいだ。

それだけが難波の自覚症状である。しかしそんな症状も入院以後ストマイの注射とヒドラジッドとエタンブトールの二者併用の服薬がはじまると、少しずつ消えていった。

患者の一日は忙しくて、また退屈である。朝は六時きっかりに看護婦が大部屋の戸をあけて検温にやってくる。

検温と検脈とがすむと、患者が洗面している間に看護婦のベッド掃除が行われ、それから朝食が運ばれてくる。どこの大病院もそうだろうがこれがはなはだ、まずい。

十時半頃、主治医の回診がある。週に一度、吉田講師が診察するほか毎日、女医たちはそれぞれの担当患者をまわり、診察をして引きあげていく。

十一時頃から、色々な検査がはじまる。血をとられる日もあれば、断層写真《トモ》の撮影をやる日もある。患者のなかには気管支鏡検査というくるしい検査を受ける者もいた。昼食がすむと午後三時まで絶対安静時間。この三時間は病棟は砂漠のように人影もなく静まりかえっている。やがて安静時間が終ると次々と見舞客があらわれ、病棟が騒がしくなる。

六時に夕食。そして九時の消灯まではテレビをみたり、週刊誌を読んだりして時間をつぶす。

それが難波たちの毎日だった。

二、三週間は彼は新参患者として温和《おとな》しくベッドに寝ていた。そして新しく始まった入院生活のリズムに自分をあわせることに努めた。

その二、三週間のあいだ、単調な生活を破るような出来事が二つほどあった。

「俺も、びっくりしたよ」

と難波はその出来事を見舞いにきた大学の仲間に話した。彼の葉書をうけ取った学友の間淵舜が奥川三保子をつれ、果物を持ってやってきたのである。

出来事とは入院して五、六日目の真夜中に突然、廊下で騒がしい声がきこえて眼をさましたことがあった。

「すんまへん。すんまへん」

関西弁の若い声が誰かにあやまっている。

「間違えるにも、ほどがあるじゃないか」

もう一人の男がしきりに怒っている。

好奇心のつよい難波はベッドからおりて戸を開き、廊下をそっと覗いてみた。寝まき姿の男にスポーツ・シャツを着た青年が懸命に頭をさげていた。看護婦がとんできて事情をききはじめた。そして珍妙な事情がわかった。

スポーツ・シャツの青年は患者ではなく気管支拡張の手術をうけた父親の世話をするために三日ほど前から難波たちとは別の大部屋で泊っていたのだが、彼は真夜中、父親が尿意を訴えたので便所に溲瓶《しびん》をとりにいったのである。

取りに行ったのはいいが、自身も寝ぼけていたため部屋を間ちがえ、ひとつ隣りの大部屋に入ってしまった。そして真暗ななかで父親と錯覚した患者の股《また》の間に溲瓶をさし入れた。

騒ぎはその瞬間からはじまった。寝ているところを突然、股の間に妙なものをあてがわれた男は驚愕《きょうがく》して飛び起きた。孝行息子もびっくりしてひたすら、あやまった。

「可笑《おか》しくてね、俺もしばらく眠れなかったけどね」

難波の話に間淵も奥川三保子も声をたてて笑った。

もう一つの出来事のほうは難波はこの二人に話さなかった。

やはり入院して一週間ほどたった夜、突然窓の外に音がして部屋の電気が切れた。テレビをみていた稲垣も相変らず碁をうっていた畠山老人や岡本老人もびっくりして、

「どうしたんだ」

闇《やみ》のなかで懐中電灯など探しているうち、ふたたび灯がついた。

原因はまもなくわかった。女性の患者が病気を苦にして病棟の屋上から飛びおり、電線にバウンドしたための停電だった。バウンドしたのでその女性患者は腰の骨を折っただけで一命はとりとめた。

「時々、病院じゃそんな事件があるさ」

畠山老人はそう呟いて碁盤の上に碁石の音を鈍くならした。難波はイヤな気持でその鈍い碁石の音をきいた……。

三週間ほどたつと自分がなんのために入院しているのか、わからなくなった。熱もないし咳《せき》もとまった。それに毎日、食っては寝、食っては寝ていると腿《もも》の肉が少しず

つ増えるのさえはっきりわかった。

精力があり余っているせいか、若い看護婦がすごく奇麗にみえた。制服を着て白い制帽をかむっている彼女たちはどれも清純に思えるのである。

看護婦たちだけでない。今度は毎日、診察してくれる女医の先生たちがまぶしくなってきた。

この病棟ではどの女医の先生も皆、それぞれにお洒落《しやれ》だった。アメリカン・スタイルの半袖の診察着――テレビでベン・ケーシー医師が着ているあの診察着である――のポケットに銀色の聴診器を少しのぞかせ、ロウヒールをはいてやってくる。

「気分はいかがですか」

浅川女医がかがみこむと、かるいコロンの匂《にお》いがぷんと漂ってくる。難波はそんな時、自分の心の動揺をみられまいとして、どぎまぎと眼をつむるのだった。

ベッドに起きあがった彼の上半身に聴診器のひんやりとした感触が少しずつ動いていく。診察を受けているのだから当然と言えば当然なのだが、時々、彼女のしなやかな指が胸をさわると、思わず羞恥心《しゆうちしん》で体がびくっとする時もある。

「あなたは何の学生？」

「文科です」

「文科って何文科」

「英米文学です」

「そう……英米文学か」

そんな雑談をかわしながら、時々、聴診器がピタととまり、大きく息を吸って、と言う。

「小説を書くの？　卒業したら」

「いいえ。そんなこと、考えてもいません。なぜ、そんなこと、訊《き》くんですか」

「別に？」

「じゃ先生はどうして女医になったんですか」

「文科に行く才能がなかったからでしょ」

いつも浅川女医は軽く難波をあしらって体温表をちらっと見て部屋を出ていくのだった。

「あれであの先生、テニスがうまいんだよ」

と稲垣が教えてくれた。

「今度、散歩の時、病院のうしろのテニス・コートを見にいくといい。土曜の午後なんか、うちの先生たちがみなラケットを持って飛びまわっているから」

患者には症状によって安静度が決っている。安静度、四度の難波は午後三十分ぐらいの散歩なら許される。

半月ほどベッドの上で温和しくしていた難波はやっと病院内を散歩に出かけた。

地下には売店や本屋がある。売店で菓子を買い、本屋でパラパラと雑誌を立ち読みする。それから中庭に出て、池の前の芝生で通りすぎる看護婦や見舞客の女の子の動きをぼんやり見る。それが難波の散歩コースだった。

土曜日に彼は稲垣の言葉を思いだして病院のうしろ側にある病院附属のコートに出かけてみた。

金網の向うにラケットを持ち、テニス・ウェアに着がえた看護婦や女子職員が球を追っている。その若鹿《わかじか》のような健康が病人の難波には羨《うらや》ましかった。彼はその女性たちのなかに渡来と大河内の二人の女医を発見した。

女医たちも聴診器をポケットに入れて、大部屋にあらわれるいつもの姿とはちがって、テニス・ウェアからしなやかな腿と膝小僧をみせて走りまわっていた。そこには薬品や病気の臭いはどこにもなかった。

金網に子供二人が指を入れてテニスを眺めている。そばのベンチに彼等をつれてきた少女のような看護婦が本を読んでいた。

子供たちが智慧おくれであることは難波にはすぐわかった。女の子のほうが口から涎をたらしっ放しにしていたからである。

「まだいる？　武ちゃん、京子ちゃん」

本をとじた看護婦が声をかけた。

「涎が出てますけど」

難波がチリ紙をわたしてやると、看護婦は礼を言って、京子ちゃんと言う女の子の口をふきはじめた。

男の子のほうは何か手に褐色のものを握っている。

(何を握っているのだろう)

好奇心に駆られて難波がその手を覗きこむと褐色のものは小さな蜥蜴《とかげ》だった。

「この子、蜥蜴を持ってますよ」

「え」

看護婦はびっくりして、

「ほんとだ。手を放しなさい、武ちゃん、どこで拾ったの。手を放しなさい」

武とよばれた子の掌から褐色の蜥蜴がおちた。死んでいた。

「京子ちゃんだ……」

武は足もとの死体をみて看護婦に訴えた。

「なに言ってるの、蜥蜴でしょ」

看護婦はきつい声で武を叱った。


散歩の時、地下の売店で雑誌を立ち読みしているとスポーツ・シャツを着た青年がすぐそばで文庫本をあさっていた。

眼と眼とがあって、

「や」

と向うが黙礼した。いつか真夜中に溲瓶事件を起したあの青年だった。

「同じ階の患者さんですね」

「ええ」

「ぼくは父親が手術したので附き添っているのです」

年齢もほぼ同じくらいのため向うは親しみを感じたのか、売店を出たあとも彼は難波に肩をならべてついてきた。

「散歩ですか」

「ええ、中庭のほうに行きます」

中庭に出て池のそばに二人は腰をおろした。彼の名は芳賀《はが》といった。池のほとりは今日も何人かの人たちが休んでいた。

「お父さんは長く御入院ですか」

「四カ月ぐらいです」

「ぼくはまだ新参です……」

芳賀は父親の附き添いの形で病棟に出入りしているのに女医や看護婦のことをよく知っていた。

「渡来先生と大河内先生は同期ですよ。あなたのかかっている浅川先生は他の先生よりも一年、先輩です」

「みんな専門がちがうんでしょ」

「ええ。しかし皆、肺癌《はいがん》のほうの専攻ですよ。渡来先生は名古屋、大河内先生は広島、浅川先生は北海道の出身です」

青年は得意そうに教えてくれた。

「どうして、そんなこと知ってるんですか」

「ぼくはここの大学の卒業生名簿を持っていましてね」

「あの先生たち……恋人はいるのかなあ」

難波と芳賀とは女医を恋人にすれば得か、損かと論じあった。

「浮気をすれば食事のなかに毒を入れられますよ。砒素《ひそ》なんか入れられると絶対に死因さえ、わからないそうだからね」

「本当ですか」

しばらくそんな雑談をかわしてから、難波はふと思いついて、

「芳賀さん。ぼくの部屋に行方不明になったとかいう患者がいたでしょう」

芳賀はうなずいて、

「ああ、加能さんのことですか」

「ええ。あの人はもう行方がわかったか、御存知ですか。心あたりありませんか」

「ありませんねえ。でもなぜそんなことを訊《たず》ねるんです」

「いや……加能さんの寝ていたベッドにぼくが今、寝てるもんだから。なんだか気になって」

「なるほどそりゃ、気持が悪いでしょうね。ぼくの知っている加能さんは率直にいって入院していても元気になる見込みはなかったんじゃないですか。生ける屍《しかばね》と言ったら大袈裟《おおげさ》だけれど、かりに退院しても、働ける体じゃなかったと思います」

「それを苦にして何処《どこ》かに行ったんでしょうか」

難波の質問に、

「と思いますよ。あの人は自分が徒《いたずら》に長期入院をして婿《むこ》と娘たちに迷惑をかけるのを、すまないと歎《なげ》いていたそうですから」

と芳賀は気の毒そうに眼をつぶって呟いた。

加能という患者を見たことはなかったが、みすぼらしい年寄りの姿が難波のまぶたに浮んだ。

「そろそろ帰りましょうか」

彼はたちあがりガウンについた芝生の枯草をはらった。

中庭の池の縁に腹部をこちらにみせている小さな蜥蜴の死体が転がっているのに難波は気づいた。

風に吹かれて小波がその死体を弄《もてあそ》ぶように動かしている。

「蜥蜴が多いんですか、この中庭には」

彼はこの間、テニス・コートのそばで武とよばれた智慧遅れの子供が褐色のこの小動物を握っていたのを思いだした。

「さあ」

首かしげた芳賀は急に、

「おや」

と言って体をかがめて、

「蜥蜴の下に二十日鼠もいる……」

なるほど、池の水底に白く四肢《しし》をひろげて二十日鼠もうつ伏せに沈んでいる。時々、水の動きで少し浮きあがり、また、ゆっくり沈んでいく。難波はふしぎに思った。

「誰かの悪戯《いたずら》ですかね」

「なぜ」

「蜥蜴はとも角、二十日鼠がこんなところに迷いこむ筈はないでしょう。誰かが放りこんだとしか考えられませんよ」

「でも病院ですから実験用の二十日鼠は研究室なんかにいる筈ですよ。そいつが逃げ出して池に落ちたとも考えられますね」

そうかも知れないと難波も考えた。しかし二匹の小動物の死体が池にあることは、やっぱりふしぎだった。

「きたないから、取っておきましょう」

芳賀はどこからか長い竹の棒をひろってきてこの二つの死体を懸命にすくいあげよ

うとした。

「ねえ、難波さん」

病棟に戻って廊下で別れようとした時、芳賀は人なつこく笑って、

「もし何でしたら、加能さんの行方がわかるか、どうか、調べてあげましょうか」

「あなたが」

「ええ、ぼくは父親の店を手伝っているんですが、親爺《おやじ》がよくなるまで叔父や兄貴に休みをもらっているんです。だから時間の都合はつきますよ」

自分も好奇心が強いが、この男もお節介な奴《やつ》だと難波は思ったが、どうぞと答えた。

このどうぞと何げなく言った一言が、やがて彼に思いもかけぬ危険を与えるとはその時、難波は少しも考えなかった。

いやらしい悪

帝国ホテルのロビーで大塚は彼女を待っていた。

あのホーム・コンサートではじめて紹介されてから彼は、この若い女医にすっかり

心ひかれた。一寸《ちょっと》した仕草のあどけなさや笑顔の無邪気さ。――そのくせ酒を飲んでいる時の眼の何とも言えぬ冷たさ。こちらを見あげた表情をかすめる娘らしい媚《こび》。

（交際したい。交際して、どんな女性なのか知ってみたい）

興味をそそられる。好奇心を刺激される。そこで、

「あの夜、お約束したでしょう。御一緒に飲みに行こうって……」

ホーム・コンサートから数日たって、女子医大附属病院に電話をすると、

「あら、憶《おぼ》えていてくださいましたの」

かるく笑った彼女の声が受話器の奥から聞えた。その笑顔が眼にみえるようで、

「憶えてますとも。今夜六時半に帝国ホテルで、いかがでしょう」

「わたくしのほうは悦《よろこ》んで……」

この女はひょっとしたら、ひょっとできるかもしれぬと大塚は思った。

その期待がまだ残ったまま、彼はロビーのちょうどフロントと向きあった椅子《いす》に腰をかけて、大きな入口に眼をむけていた。

約束の六時半をすこし過ぎた時、その姿がタクシーからあらわれた。かすかなピンクの、遠くから見ると白っぽいオーバーは彼女を若い女医というよりは、まだ在学中の女子医学生のようにみせた。

にっこり笑いながら彼女は大塚にかるく片手をあげた。好意のこもった恰好《かっこう》を見た時、大塚はふたたびひょっとしたら彼女をものにできるかもしれぬと思った。

最上階のフォンテンブローでテーブルにつくとスノッブの大塚は得意になってワインリストをみて葡萄酒《ぶどうしゅ》の選択をはじめた。

「仏蘭西《フランス》にはたびたび、いらっしゃったのですか」

彼女にたずねられた時、彼は待っていたように、

「二カ月ほどいました。うちが御存知のように銀座の時計屋だものですから、父から、スイスとドイツに行かされましてね、用事がすんだあと巴里《パリ》で二カ月ほど遊んでいたのです」

「羨ましいわ。わたくし女子医大の学生の時、アメリカにほんの少し駆け足旅行をしただけですの。でも向うの病院でインターンと同じ訓練を受けさせられましたから、何も見ないと同じでしたわ」

大塚は半ば本気で、あとの半分は相手の気をひくために、

「病院なんてそりゃ恢復《かいふく》する人が多いでしょうが、片方では人が苦しんだり、死んだり、血を出したりする場所でしょう。そんなところにあなたのようなお嬢さんがよく居られるものですね」

「馴《な》れですの」

鴨《かも》の肉を上手に口もとに運びながら彼女はにっこり笑った。

「医大生の頃は死体の解剖だって、はじめは脳貧血を起しても、一年もすればほら、こんな風に自分でメスを使えるようになれますもの」

そう言いながら彼女は器用にナイフを動かして肉を切った。

「人間が死ぬのをいちいち驚いては医者にはなれませんわ」

「そりゃそうでしょうが、他人の苦痛を毎日みるのは嫌でしょう」

「他人の苦痛？　それも平気になれますわ」

あどけなく微笑するその顔に大塚はいささか驚いて、

「平気に？」

「ええ。人間って馴れることで鈍感になるようにうまくできているのかしら……他人の死や苦痛を見るのは楽しいもんじゃないけれど、でも次第に無感覚になっていきますもの」

「あなたのような娘さんが、そんなことを言うなんて信じられませんな」

彼女は何も返事をせずナプキンで口をぬぐった。そして赤い液体の入ったコップを一口、飲んで、

「おいしい」

いかにもうまそうに吐息をついた。

「医者の悦びって何ですか」

「そりゃ患者さんが全快した時。家族のかたと御一緒に退院の挨拶《あいさつ》に来られて……うれしそうに病院から出ていかれるのを窓から見送っている時……女医になって良かったとつくづく思います」

「わかるなあ。ヒューマニズムですね」

「ヒューマニズム。そんなものじゃなくて、誰かの人生を左右できたのが、まあ、嬉しいんです。だから逆に大塚さんが入院なすって、女医のわたくしが自分の意志であなたの体を目茶苦茶にしても同じように嬉しいかもしれませんわ」

いかにも冗談ぽくそう口にすると彼女は硝子《ガラス》の器に入ったサラダに手をだした。

「あなたのように魅力のある先生の手でなら」

愚かにも大塚は何もわからず、ただ彼女の心を惹《ひ》くために歯のうくような世辞を言った。

「ぼくは自分の体がどうされようと、かまいませんよ」

ふふっ、と彼女は小猫のように笑った。そして実においしそうにサラダを入れた口を動かした。

「さっきから拝見していると、あなたは随分、食欲をそそるたべかたをなさいますね」

「たべるの大好き」

「ぼくにはあなたがよくわからなくなってきましたよ。まるで中学生か高校生のようにみえるかと思うと、急にびっくりするようなことをおっしゃる」

大塚は彼女に少し遅れて自分もサラダを食べながら、今まで出会った数多くの女たちがこの女性にくらべるとすべて色あせ、魅力のないものに思えてきた。

(久しぶりで俺も……恋ができそうだ)

彼は自分の心にそう、そっと囁《ささや》いた。銀座の「オウトンヌ」の息子として今日までかなり贅沢《ぜいたく》に遊び歩いてきたため、三十三、四のくせに大塚はどんな女性を見てもつまらなく感じるようになっていたのだ。

食事がすんでフォンテンブローと同じ階にあるラウンジに行った。

「あなたは今まで恋人か、どなたか、いらっしゃったのですか」

おそるおそる大塚がたずねると、彼女は一寸はずかしそうに、

「いいえ、それが、おりませんの」

「なぜです。考えられませんねえ。嘘《うそ》でしょう」

「なぜって……わたくしを熱中させてくれる人がいなかったからです。だめなんです。わたくしって」

「じゃあ、これからたびたび、お誘いしていいでしょうか」

「ええ、どうぞ」

それを彼女はまるで初診の患者から煙草《たばこ》をすっていいかと訊ねられた時のように事もなげに答えた。

実験用のビーカーに水を入れて彼女は研究室の隅で一人で遊んでいる武をよんだ。

「武ちゃん。おもしろい事をしてみようか」

子供はまた焦点のあわぬ眼で女医を見あげた。窓からさしこむ陽が彼の髪にあたって、ほこりっぽい臭いがした。

二十日鼠を握ることは既に武におぼえさせた。思いきり握りしめれば鼠が汗ばんだ手のなかで、もがき、暴れ、悶《もだ》えるその快感もこの子に吹きこんだ。そして今日は武に別の楽しさを仕込まねばならない。

「ごらん。京子ちゃんよ」

ビーカーの口につかまえてきた二十日鼠を無理矢理に押しこむ。鼠は水のなかに落ちる。

「京子ちゃんが水のなかで溺《おぼ》れているわよ、ようく見てごらんなさい」

きな臭い武の頭を手で持ってビーカーのほうに向ける。鼠は必死でビーカーの口に這《は》いあがろうとする。その小さな手で硝子を掻《か》きながらむなしい努力をつづける。

「京子ちゃんが溺れて死ぬまで、じっと見るのよ」

女医に言われた通り、武は温和《おとな》しくじっとビーカーを覗《のぞ》いている。ビーカーのなかの二十日鼠の死をじっと見つめている。

その時病院の時計台でチャイムが二つなった。午後二時である。静かだ。鼠が水中でたてる水音が午後の病院の静寂をいっそう深めている。

(わたくしはどこか、狂っているのかしら)

いつものことながら、ふっとそう思う。だがそう反省できるだけ自分がまだ狂ってはいないことは彼女自身が一番よく知っていた。

去年だったか、彼女は医大時代の同級生で精神科に行っている友だちに半ば冗談を装《よそお》って色々なテストをやってもらった。インキの染《し》みのようなイメージをみて連想するものを言わせたり、何人かの人間の絵から思いつく物語を語らせたりした揚句、その友人は笑いながら診断を出した。

「残念ながら、あなたは正常よ。神経の異常なんてどこにもないわ」

「ではわたくし普通の人間？」

「お気の毒ですけどね。完全な正常人間なの」

「でも何を正常人間と言い、何を異常人間というの。正常の標準ってどこにあるの」

するとと友だちはボールペンをくるくる廻しながら、

「そこよ。本当いうと、精神医学にもそんな標準はどこにもないの。ただ、人間の常識や心理や感覚のなかで一番、常識的なものを正常だと勝手に決めているにすぎないの。たとえばカタツムリを食べない日本人にはカタツムリに舌つづみを打つ仏蘭西人は異常にみえるでしょう。その程度の差なのよ」

「じゃあ」と彼女はその時、友人に念を押した。「私はそういう意味でも多数的な正常の神経の持主なのね」

「そうよ。普通の人間よ」

友人とのあの時の会話を女医はぼんやりと思いだす。既にビーカーのなかでは全精力を使い果した二十日鼠が体を斜めにして溺死《できし》していて、その死体は四肢を前にさしのべたまま、水の動きにあわせてゆっくり浮んだり、沈んだりしている。

（こんなことをする人間は普通の人間かしら）

と彼女はその二十日鼠の死体を眺めて考えた。

（もしわたくしが普通の人間なら、どんな男や女にもわたくしと同じ衝動がひそんでいると言うことだわ。わたくしがこんなことをするのは……）

いつもながらの問いと答えとがまた回転木馬のように女医の頭をまわりはじめた。

（わたくしがこんなことをするのは、このひからびた心を癒《いや》したいためだわ。わたくしの心は一滴の水もない……）

高校生の頃から彼女が自分の心を思う時、まぶたには一滴の水も潤《うるお》いもない砂漠のような地面が思いうかんだ。ひび割れて枯渇《こかつ》してしまった地面。それが彼女の心だった。

高校生の時以来、彼女はほとんど何にも感動するということがなくなった。一時的な楽しさはあっても、本当に心を動かすものに出会ったことはなかった。他の友だちが歌手や男の子に熱をあげている時、恋愛に熱中している時、彼女はそれを一方では羨ましいと思いながら、一方ではなぜ、あんなに簡単に陶酔できるのか、ふしぎだった。

ひからびた地面のような心を治すため、本を読んだ。そしてその本のなかに彼女は自分の治療薬を見出《みいだ》すかわりに、彼女と同質の人間が書かれている作品があるのに気がついて、むしろ、びっくりした。

高校生の時はカミュの『異邦人』が彼女の愛読書となった。『異邦人』の主人公が何にも感動できず、何にも陶酔しない、彼女と同じ人間だったからである。

女子医大に入るとドストエフスキーの『悪霊《あくりょう》』を何度も何度も読んだ。そこに出てくるスタヴローギンという主人公もまた自分とそっくりの人間だと思ったからだ。スタヴローギンは彼の乾いた心を癒したいために、この世で最もいやらしい悪を試みてみた。貧しくて幼い、あどけない少女を犯すことをやったのである。ひからび乾いた自分の心に良心の鋭い呵責《かしゃく》が果して起るか、どうかをためすためだった。少女は彼に犯されたあと便所で首をくったが、スタヴローギンの心にはチクリと針でさしたほどの痛みも起きなかった。

(わたくしと同じだわ)

『異邦人』の主人公、『悪霊』の主人公を知ってから彼女はいつもそう呟《つぶや》く。

(わたくしもひからびた自分の心に良心の呵責が起るか、どうかを試してみたい。そのためにこの世で最もいやらしい悪をやってみよう)

高校生の時、彼女はそうした言葉を日記に書きつけたが、急いで破りすてた。母親が彼女の留守中に読むと困るからである。

この世で最もいやらしい悪――そんなものが具体的にあるだろうか。世間の人たちは悪と言えば盗んだり、人を傷つけたり、殺したり、誘拐したり、脅迫したりすることだと思っている。新聞や探偵小説に出てくる悪はみな、そうだ。

でも、彼女にはそんなものは、本当の悪だとは一向に思えなかった。たいていの悪には事情やむをえない人間的理由がある、人間的動機がある。まずしさのため他人の金を盗む。嫉妬《しっと》に逆上して傷つける。借金に苦しんで誰かを脅迫する。そういう人間的な理由がある限り、それはいやらしい悪とは言えなかった。なぜなら、そこにはやむをえない人間らしい事情が介在しているからだ。

（わたくしは、そんなみみっちい悪ではなく、本当に自己弁解の余地のない動機のない悪をやってみよう）

高校生の時も彼女はそう考えてきた。女子医大生の時もそう思い続けた。女医になった今も同じ気持が意識のなかに存続している。

「武ちゃん。あなたが今度、京子ちゃんを水に入れてみるのよ」

網のなかに手を入れ、あたらしい二十日鼠をつかみ出して女医は子供の手にこの小動物を握らせた。

「ほれ。瓶のなかに押しこんでごらんなさい」

彼を助け別の二十日鼠を既にその仲間が死体となったビーカーのなかに入れさせる。桃色の長い尾が水にふれると、危険を察したのか、二十日鼠は小さな四肢を必死で動かしはじめた。

(いやらしい悪。いやらしい悪……)

いやらしい悪は鼠を殺すことではなかった。この研究室に飼われている二十日鼠はすべて実験のため、殺されるためにしばらく生きているにすぎない。いやらしい悪は智慧《ちえ》おくれの子供にその鼠を殺すのを教えることでもなかった。いやらしいのはこの武がいつかこうした訓練から「何かをする」だろうが、その何かが起った日に自分がまったく無関係な顔をしていつものように、病院を歩きまわり病人を治療し、全快した患者と共に悦ぶことができるこの心だった。

(その時、わたくしは良心の烈《はげ》しい痛みをおぼえるだろうか。もし、そうだったら、わたくしはこの空虚感、この白けた感覚、このひからびきった心から立ちなおれる……)

二匹目の二十日鼠はさっきと同じようにその小さな四肢で硝子を掻きながらむなし

い努力をつづけていた。昼さがりの研究室は静かである。

「死んだ」

やがて彼女がまるで自分が力つきたようにビーカーを凝視しながら呟くと、

「死んだ」

武が鸚鵡《おうむ》がえしに同じ言葉を繰りかえし、ニッと快感のこもった笑いかたをした。

殺人未遂

毎週、木曜日には吉田講師の回診がある。それぞれの女医たちが自分の担当患者の経過を講師に報告し、レントゲンを見せ、指示をうかがう一種の行事のようなものだ。行事と言ったが医者の世界では上位の者の発言は絶対的なものだから、余程のことがないと動かせない。

この週、吉田講師が難波のベッドのそばで担当の浅川女医に、

「気管支鏡《ブロンコスコピィ》は撮ったの」

と急にたずねた。浅川女医は首をふって、

「いいえ、まだ撮っておりませんけど……」

「そう。どうしようかな」

吉田講師はもう一度、難波のレントゲンを眼を細めて眺め、首をかしげてから、

「やっぱり、撮るとするか」

呟いたのが決定的となった。

「じゃあ」

浅川女医は吉田講師や他の女医たちと大部屋を出る時、難波に念を押した。

「来週、気管支鏡検査《ブロンコスコピイ》をしますからね」

何もわからず難波は素直に、

「はい」

と答えたが、これがあとの祭りとなった。医者たちの姿が消えると、今の会話の一部始終を聞いていた稲垣が、

「気管支鏡検査か。難波君、大変だなあ」

と向うのベッドから声をかけてきた。

「大変というと」

「知らないの。その検査はひどく辛《つら》いんだぞ。気管支のなかに鉄の管《くだ》を入れて覗きこ

む検査だから」

「本当ですか」

神経質な難波はもう顔色をかえ、

「稲垣さんは経験があるんですか」

「幸いにもぼくにはないがね……岡本さんと畠山さんとはやっておられるから……。岡本さん。辛いんでしょ。気管支鏡は」

その日も畠山と碁をうっていた岡本老人は不機嫌な声でポツリと答えた。

「辛いなんて言うもんじゃない。あれは……拷問《ごうもん》だ」

難波は蒼《あお》くなって毛布をかむった。今まで食べては寝、食べては寝の気楽な療養生活だと高を括《くく》っていた気分が一挙に吹きとんだ。

検査の日、難波は緊張のあまり頭痛さえ感じながら五階の手術室に行った。そこには三人の男女の患者が検査を受けるために待っていたが、いずれも先輩患者から脅かされたらしく、暗い顔をしていた。

マスクに手術帽をかむった浅川、大河内、田上、渡来の各女医が姿をみせた。田上女医は難波を入れた四人の患者の口と咽喉《のど》とに霧状の麻酔液を注入した。患者の咽喉が痺《しび》れると、その一人をベッドに仰向けにさせた。口に大きな丸い鍔《つば》のついた口輪のような器具をかませ、金属の細い棒を咽喉ふかく入れるのである。息のくるしくなった患者が足をバタつかせるのを二人の看護婦たちが懸命に押えつける。はたから見ているだけで逃げだしたい光景である。

「我慢して。もう少しだから」

大河内女医が管の先に眼をあてて、もがこうとする患者をなだめている。

難波は死刑でも受ける気持で三番目にベッドに横になった。歯が折れると思われるほど強く器具が口に押しこまれた。その時、

「鼻でそっと息をするの。わたくしがついているから絶対に大丈夫よ。安心して」

耳もとで浅川女医の声が聞えてきた。そんな頼り甲斐《がい》のある声を彼女が出してくれるとは思わなかった。額ににじむ汗と口から出る涎《よだれ》を彼女が紙でふいてくれるのもわかった。

本当は四、五分ぐらいだったろうが、難波にとっては一時間にも感じられる長い検査が終って、口輪のような器具がやっと口からはずされ、起きあがった時、顔中、涎だらけだった。看護婦や女医の前だったが恥も外聞もない。

「おふきなさい」

あらためてティッシュ・ペーパーを浅川女医が手わたして、

「よく頑張ったわね」

いたわってくれた。

「口のなかがおかしい?」

と彼女は手術室から出ようとする難波にたずねた。

「ええ。一寸、ヒリヒリします。血も出ています」

「そう。じゃ飴《あめ》なんかなめておくといいわ。飴を持っていないなら、このあと研究室にいらっしゃいよ。ドロップをあげるから」

甘いものなら大学の仲間が見舞いに持ってきてくれた。しかし女医たちの研究室を覗きたいという気持で、

「頂きます」

と言ってしまった。

検査を終えた浅川女医につれられて彼女たちの研究室まで行った。

「きたないところよ。ここで実験なんかやるんだから。薬品や兎《うさぎ》の臭《にお》いがするわよ」

浅川女医は診察着のポケットから木札のついた鍵《かぎ》をとりだして鍵穴にさしこんだ。

ブラインドを通して陽のさしこむ無人の部屋に足をふみ入れると、たしかに鼻をつく薬品の臭いがした。四つの女医たちの机がたがいに向きあって並べられ、その上に

医学雑誌やノートやレントゲン写真を入れた袋が乱雑に放りだされている。

壁には書棚があって、そこにも外国の医学書や学会雑誌が無造作に並べられていた。床にはウイスキーの空瓶が二、三本、ころがっている。

「恥ずかしいわ。これでも女の部屋なんだから」

そんな弁解をしながら女医は自分の机の引出しをガタピシとあけてドロップの鑵《かん》をさがした。

「気管支鏡の検査はあれでも楽になったのよ。ひと昔前は患者さんが暴れないようにバンドで縛ったとか言うから」

「なんのために、あんな検査をするんです」

「気管支が結核菌におかされてないか、見るため。……そりゃそうとドロップの鑵は。ドロップの鑵はと……あったわ」

難波はまだ物珍しそうに研究室の四方の隅に眼をやった。そこには金網をはった木箱がいくつかあって、何匹かの二十日鼠《はつかねずみ》と兎とがゆっくりと餌《えさ》をたべている。

「二十日鼠がいますね」

「実験用なの。どうせ死ぬ運命にあるんだけど」

「先生たちが殺すんですか」

「可哀想《かわいそう》ですけれどね。これも御奉公と思って」

「信じられないなあ。先生たちみたいな女性が動物を殺すなんて……」

「医学の進歩のためですもの。これ大袈裟《おおげさ》かな」

「この二十日鼠、逃げだすことありますか」

「金網からは滅多にないけど。でも実験所からこっちにおじさんが補給で運んでくる途中、逃げることがあるかもしれないわね。でもなぜ……」

「中庭の池で、こんな二十日鼠が一匹、溺れて死んでいたものですから」

ドロップの罐を難波にさしだした女医が眼をそらせて、

「どうしたのかしらね……飴はいかが」

「有難うございます」

難波は礼をのべて、苺色《いちごいろ》のドロップを口に入れた。

安静時間の病棟はもちろん病院全体がまるで真昼の砂漠のように静寂だ。どの部屋もかたく扉をとざしている。看護婦さえも足音をしのばせて廊下を歩いている。

難波は仰向けになって天井を見ていた。気管支鏡検査のあとに術後熱という微熱が出てやや体が不調になり、やっとその熱が引いたところだった。

扉がうす目にあいて誰かがこっちを見ていた。芳賀の笑顔である。
二、三日、廊下でその顔をみなかったがどうやら家に戻っていたらしかった。
「安静時間のあとで……」

小声で言うと姿がすぐ消えた。

安静時間のあとで、と念を押したところを見ると何か特別な話があるらしかった。特別な話——とすると、やっぱりあの青年は約束通り、加能純吉のことを調べてくれたのかもしれない。

(俺も好奇心が強いほうだが、あいつもおかしな男だな。わざわざ親しくもない男の頼みをきくなんて)

そのせいか、いつもは早く終る安静時間がなかなか進まない。

三時が来てやっとベルがなった。ベッドから滑りおりて廊下に出ると、芳賀の姿が向うからあらわれて、近づいてきた。

「気管支鏡検査を受けたんですってね。あれは苦しいでしょう? うちの親爺なんかあとで、あんな野蛮な検査はないと怒っていましたが……」

それから周りをみまわし、見舞客もぽつぽつ現われた雑然とした廊下の気配をさけ

るように、

「屋上に行きましょうか」

と誘った。階段をのぼりながら難波が、

「加能さんのことですか」

とたずねると、

「ええ」

と青年はうなずいた。

屋上の扉をあけるとはじめてクレゾールの臭いなどまじらない新鮮な風が二人の額にあたった。陽があかるく照って真白なシーツや看護着が風に音をたててゆれていた。

「加能さんの居所はみつかったんですか」

「見つかりました」

見つかりましたと聞いて難波は正直、ほっとした。自分の寝ているベッドをかつて使っていた患者はやはり生存していてもらいたかったのだ。

「でも加能さんは御自宅にはおられないのです。別の病院にいるそうです」

「どうして、わかりました」

「簡単ですよ」と芳賀は白い歯をみせて笑った。「ここの入院受附課に行って加能さんの住所と電話番号を聞いたんです。そして電話で娘さんと話をしたのです」

「なんだ。しかし、そりゃ、よかった」

「ただね」

芳賀は意味ありげに首をかしげて、

「その時の娘さんの応対がどうも変なのでね。いや、ぼくを怪しんだんじゃなくて――加能さんがこの病院を黙って出た理由や戻らない事情について……奥歯にもののはさまった言いかたをしていましてね」

「何かあったんですか、加能さんと病院側と」

「はっきり断定できませんけど……この病院には帰りたくないと加能さんは言っているようです」

屋上からみると四方とも見渡す限り、ビルや家が白っぽく拡《ひろ》がっていた。東京がこんなに広いとは難波は思ったこともなかった。

「なんでしょう。その帰りたくないという理由は……」

「それがわからないんです。ただ……こんなことを言うのは何ですけど、娘さんはあなたも早く病院をかえたほうがいいような口ぶりでしたよ」

「ぼくが、なぜ」

難波は笑って、

「かえる理由なんて、少しもないですよ。女医さんたちはわるい人じゃないし、それにみんな意外と親切だし……」

彼は自分を研究室までよんでドロップをくれた浅川女医の、若い頃のイングリッド・バーグマンにやや似た顔を思いだした。

「勿論《もちろん》ですよ」

芳賀も微笑しながらうなずいた。

「長期患者は誰でも医師や病院にたいする不平病、不満病にかかりますからね。加能さんもきっと同じだと思いますよ」

二人はそう言いながら病院の敷地をみおろした。建物と建物との間を看護婦の一団が歩いている。テニス・コートでは今日も白い運動着を着た職員たちが走りまわっている。

この時だった。突然、中庭の池のまわりに人がかけ寄っていった。皆、走っている。何かあったのだろう。池のなかに二人の男が入っていく。何かを引きあげている。

「事故ですよ」

と芳賀がびっくりして叫んだ。

「子供が池にはまったらしい」

芳賀が走りだしたので難波もあとを追いかけた。自分が結核で入院していることなどすっかり忘れていた。

一階までエレベーターでおりると、すぐ外に走り出た。看護婦が三人、手術患者用のストレッチャーを引っぱっている。

そのストレッチャーに男がぐったりとした、ずぶぬれの女の子を抱きかかえて乗せた。

「人工呼吸は」

「もうやった……とに角大丈夫だ。内科の病室に運んでくれ」

男は医局の関係者らしかった。ストレッチャーがエレベーターに消えると池のほうから十人ほどの患者たちが、

「あっと言うまだったわね。誰も気づかなかったの」

「いや、今の時間だからよかったよ。誰もいない安静時間だとあの子は死んでいたぜ」

と話しあいながら戻ってきた。

その一人を芳賀がつかまえて、

「一体、何があったんです」

「いやね、ここに入院している智慧おくれの男の子があやまって女の子を池に突き落しちゃったんだ」

「突きおとした？」

「そうだよ。別に喧嘩《けんか》していたんじゃなく仲よく遊んでいたんだが……そばに大人がいなかったもんだから、引きあげるのに手間どって。大丈夫だろう、もう」

芳賀と難波は人の散った池まで行ってみた。

一寸みると浅くみえるが、むかし明治の元勲の庭園だった時に作られたという池のある場所は大人の胸ほどの深さがある。そこに女の子が突き落され、みんなが駆けよったらしく、池をかこんだ石がまだ水でびっしょり濡れていた。難波が、

「色々な事件が起るんですね、病院という場所は」

と言うと、

「そうですね」

芳賀は一応、うなずいてから、

「難波さん。ここは、この前、二十日鼠と蜥蜴《とかげ》の死体が浮んでいたところですよ」

「ほんとだ」

二十日鼠はこの水中で四肢をひろげたまま溺死していた。難波もその白い動物の死

体をはっきり憶《おぼ》えている。

「この間、女医さんたちの研究室に入れてもらったんですけど」と難波は、「二十日鼠が兎なんかと箱に入れられてましたよ。あの箱からこの池まで逃げてきたのかな」

「まさか、まさか……じゃあ蜥蜴はどうです、蜥蜴も研究室から逃げてきたと言うんですか」

と芳賀は笑って、

「やっぱり誰かが池に入れて二十日鼠や蜥蜴を殺したんですよ」

「じゃあ、その男の子かな。女の子を池に突き落したという……」

この時はじめて難波はいつかテニス・コートで金網から大人たちの駆けまわるのを眺めていたあの二人の子供たちを思いだした。

「ああ、あの男の子だ。智慧おくれの」

思わず大声をだした難波に、

「どうしたんです」

いぶかしげに芳賀が訊《たず》ねた。

「その男の子も女の子も知っています。たしか……あの時、男の子は蜥蜴を握っていた……そうだ。その子がこの池に蜥蜴や二十日鼠を放りこんだんだ。そして女の子も

「……」

難波の説明を聞いて芳賀は暗い、ふしぎそうな顔をした。

「しかし、なんのためでしょう。悪戯《いたずら》にしちゃ度が過ぎてますね」

罪と罰

中庭で人が叫び、池から女の子が引きあげられた時、女医は中央検査室で患者の血液凝固検査にたちあっていた。

血液凝固検査とは手術を行う患者の耳を少し傷つけ、出血がどのくらいで止るかを調べる検査だった。

その時、彼女は人々が騒ぐ声を聞いた。

「何かしら」

検査室で働いている女の子たちが窓から外を覗《のぞ》いて、

「だれか溺《おぼ》れたらしいわ」

と言った時、女医の胸は動悸《どうき》した。そして女の子の一人が外に走り出て、しばらく

して、

「大変よ。智慧遅れの女の子が溺れたの」

と報告した時までその動悸は続いた。

「え、死んだの？」

別の女の子がたずねた。

「助かったらしいわ。今、看護婦に運ばれていったけれど……」

「そう、助かったの」

そんな会話を耳にしながら、一方では、よかったと言う安心感と他方では虚《うつ》ろな白けた気持とを女医は嚙《か》みしめていた。

そのあとは平然としていた。池まで行かなくても誰が女の子を池に落したかは勿論わかっている。武のような智慧おくれの子にはそれぐらいまではできるが、それ以上の行為は不可能であることも承知している。そして武にそのような行為をさせたのが誰かは、永久に悟られないという自信もある。

何の呵責《かしやく》も自己嫌悪《けんお》も胸には湧《わ》いてこない。怖《おそ》ろしいことをしたとか、冷酷な仕打ちを行ったと言う反省心もない。ただ雲の遠くに飛行機の爆音を聞いているように、今の出来事もまるで自分とは漠とした関係のことのように思える。

「一緒の病棟にいる男の子が池に突きおとしたんですって」

「え？　喧嘩でもしたの」

「それが突然によ。ひどい話ねえ」

女の子たちはまだ話を続けていた。血液凝固検査のやっと終った患者が二人の会話に耳かたむけている。

「牛場さん。行きましょうか」

女医は彼を促した。

ひからびた心。ひあがった池の底のように乾き切っている心。今度もその心に鋭い呵責の裂け目はできなかった。そして明日からもまた空虚な白けた毎日が続くのだろう。なにごとにも感情が動かない毎日。患者が苦しんでいても、本心からそれを可哀想と思わぬ毎日。誰かが死んでも人の死には無感動な毎日……。

大塚と彼女とは劇団トゥリーの『ウエスト・サイド物語』を日生劇場で見ていた。むかしチャキリスが主演した映画しかテレビで見たことのない女医は、あれほどではなかったが、充分たのしむことができたし特にねちっこい刑事をやった俳優が抜群に

うまかった。しかし、

「日本人のミュージカルはいただけませんねえ」

最後の幕が終った時、大塚は唇を丸くとがらせていかにも見くだしたように言った。

「やっぱりおどりのセンスが徹底的に駄目なんですね。ぼくは日本ではミュージカルは育たないと思いますよ」

では、そんな馬鹿《ばか》にしていらっしゃるミュージカルになぜ連れてきてくださったの、と大塚をからかいたかったが女医は微笑しながら黙っていた。

拍手が波のように拡がり、カーテン・コールが終り、今度は本当に幕がおりて客が椅子《いす》から立ちあがると、

「楽屋に行ってみましょうか。トニーをやった宮辺が知りあいでね――御紹介しますよ」

この劇団トゥリーの主演俳優である宮辺と知りあいだと言うことは幕があがる前も幕間《まくあい》でも大塚から聞かされた。要するに顔のひろさを自慢したいのだろう。

「気おくれしますから、わたくし、お待ちしていますわ」

人波にもまれて彼女は辞退したが、

「なに、遠慮することはありませんよ。気さくな奴《やつ》ですから」

楽屋に二階ロビーからも行けるようになっている、その楽屋に大塚は女医をつれていって、間もなく、まだトニーの化粧を落していないガウン姿の宮辺尚をよびだしてきた。

「素晴らしい演技だったよ」

さきほどは日本ではミュージカルは育たぬなどと酷評していたのに大塚はしゃあしゃあと宮辺に世辞を言った。そして宮辺が当惑気味なのにかかわらず、自分がニューヨークで見たミュージカルの話をした。

二回のつきあいで女医は大塚が東京のどこにも小石のように転がっている俗物インテリだとすぐ感じとった。自分では何も創造する能力はないくせに、何を見ても、何を聞いても、何を読んでも欠点をならべたてて自分は高尚だ、教養人だとうぬぼれている連中の一人なのである。

「ぼく、化粧を落さねばなりませんから」

宮辺はやっと相手のおしゃべりの切れ目をみつけて部屋に戻ろうとした。

「あ、そりゃ失礼」

しかし大塚は宮辺にではなく、女医の前で自分の芸術智識のひろさを披瀝《ひれき》したことで充分に満足していた。どうです、ぼくはただの若い実業家じゃないでしょうという

子供っぽい自惚《うぬぼ》れを眼にみせながら、彼は宮辺の姿が楽屋の奥にきえると、小声で、

「あいつも、演技にもう一寸《ちょっと》ふかみがあるといいんですがねえ」

ときいたようなことを言った。

(この人に……)

劇場のすぐ近くのパーラーでお茶をのみながら女医は大塚のたえまないおしゃべりに相槌《あいづち》をうちながら、別のことを考えていた。

(この人に本当のわたくしの姿をみせたらどういう表情をするだろう)

ほんとうのわたくしの姿。たとえばさっきまで見も知らなかった男とホテルの部屋に入り、その掌に針を刺したわたくし。智慧おくれの男の子に二十日鼠が溺れて死んでいくのを見させているわたくし。そんなわたくしが今、いかにもやさしく微笑《ほほえ》んで相槌をうっている女のなかにひそんでいるのだ。そう思うと女医は突然、可笑《おか》しくてたまらなくなった。

「なにがおかしいんですか」

「別におかしくないけど……。ただ羨《うらや》ましくて大塚さんが」

「ぼくを？　ぼくの何処《どこ》が羨ましいんですか」

「だって何でも夢中におなりになるんですもの」

そう言った時、彼女はまた、日照りの池のようなおのれの心を考えた。

「そうですか。たしかにそうかも知れません」

大塚は女医の皮肉に気づかず、

「しかし、そのために、ぼくは随分、自分に資本を入れているつもりです」

この男を誘惑して、みじめな思いをさせてやったらどうだろう。突然、そんな衝動が彼女の頭を横切った。自己満足にみちたこの眼に不安や怯《おび》えの色をみたい。

「大塚さんの奥さまになる方、楽しいでしょうね」

「本当にそう思ってくれますか」

自己満足にみちた大塚の眼に今度は自惚れの色がくわわって、

「じゃあ、もし、ぼくがあなたに結婚を申しこんだら受けてくださいますか」

「それ、論理の飛躍ですわ」

「もちろん、もしという仮定の上ですよ」

「仮定の話でしたら……考えさせて頂くでしょうね。わたくしみたいな消毒薬の臭いのする女でよければ……」

「ぼくがあなたの夫なら」

大塚はまるでもう自分たちが恋人同士でもあるかのように、

「まず病院を作りたいと思いますよ」

「病院？」

「ええ、実はぼくは父の仕事を継ぐことにはあまり興味がないんです。むしろ自分の才能はプロデュースをしたり、マネージャーみたいなことをするのが……だから病院をあなたのために作りたいんです」

「そうなったら、どんなに素敵でしょうね」

眼をかがやかせて頷《うなず》く彼女を見て大塚はこの女はくみしやすしと思った。もう半分は俺に心ひかれはじめていると感じた。彼がそっと手をのばしてその肩にふれようとすると、

「駄目」

と彼女はにっこり笑って肩を動かし、大塚の手をはずした。

「仮定と現実と間違えちゃ駄目。折角、面白かったのに……がっかりですわ」

大塚は自分がこの若い女医から翻弄《ほんろう》されていたのを初めて知った。

女医はねむる前に——と言うよりはねむりを促すために何かの本をベッドで読む癖

があった。睡眠薬の常習は体にわるいことを承知していたから彼女は少量のブランデーを飲んだあと、少し痺《しび》れた頭で活字を追い、睡魔がくるのを待つのである。

大塚に送ってもらってマンションに戻ると彼女は服をぬいでシャワーをあびた。テニスをやっている体には自信があった。いつか医局のみなと水泳にいった時、若い男の視線が彼女の胸や太腿《ふともも》にそそがれ、

「ミス・サマー・ビーチのコンテストに出てくれませんか」

とテレビ局の腕章をつけた男から声をかけられたことがあった。

(あの人と結婚するのは……決して悪いことじゃない)

あついシャワーを首や肩に注ぎながら彼女はあの時、びっくりしたような顔をした大塚を思いだして、ひとり笑いをした。あの男が今日のデートで自分に夢中になってきたことは女の勘で彼女にはわかっていた。

俗物の典型的な男だけれども二つ、いい点があった。ひとつは自惚れが強いだけにおだてれば、こちらの言いなりになること。もう一つは普通のサラリーマンが羨むような生活が保証されていること。

(結婚すれば、わたくしの望むことは何でもしてくれるだろう)

恋愛にも結婚にも期待や信頼感を毫《ごう》も持たない彼女はもし結婚をするならば俗物で

も自分の自由を保証してくれる相手を選ぼうと学生時代から考えていた。その点、大塚は悪くない相手だった。あの男なら騙《だま》しやすい。結婚したあと、わたくしはおそらく彼以外の男と次々と寝るかもしれないけれど、そんな時、あの男なら絶対だませるだろう。

バスルームを出ると寝支度をして、睡魔を誘う本を持ってベッドに横になった。手にしたのはドストエフスキーの『罪と罰』だった。学生時代、二度ほど読んだ小説だが世間で有名なわりに格別いい作品とはとても思えない。同じ作者の『悪霊』などにくらべると甘い結末が不満で、こんなにうまくいくものかと高校生の時に感じたのを今でも憶えている。

ブランデーを少しずつ小さな唇にながしこみながら頁《ページ》をくった。頁をくっているうちに少しずつ興味をおぼえはじめた。

興味をおぼえたのはこの小説の主人公である学生ラスコリニコフが老婆《ろうば》を殺害しようと考えていく箇所だった。

この学生は世界にはまったくその人生も存在も意味のないような人間は消すべきだと思う。この世には他人に何の役にもたたず、周りには迷惑をかけているような人間――つまり無意味、無価値な人間がいる。たとえば彼が殺そうとしている一人の老婆がそうだ。いや、あの老婆が無価値、無意味な人間だから殺しても一向かまわないではないかと学生ラスコリニコフは考える。

（わたくしも時々、同じことを思うわ）

病院に寝ている老人たちのなかには女医の眼から見ると早く死んだほうがましだ、と思う年寄りがいる。東京都が老齢の人に与えた特権を使って貴重なベッドを占領しているため、緊急な治療を必要とする患者が入院できず困るのだ。

そんな時、彼女は心のなかで、なぜ便々とこの年寄りをここに寝かせておくのかと思うのだった。むしろ注射か何かで少しずつ死期を早め、空いたベッドを次々と作ってやるほうが合理的ではないかと考えるのである。

（たとえば、あの小林というお婆さんなんかそうだわ）

その老女は半身不随だった。毎日の食事や体を洗うことや用便までひとつ、ひとつ看護婦の手を借りねばならない。病院は完全看護を建て前としているし、老女には附き添いを雇う余裕などなかった。

身よりもいないらしく、世話をした区の保健所の人が時々、見舞いにくるほか、訪ねてくる人はみかけないと看護婦たちは言っている。治る見込みはまずないと言っていい。たとえ治ったところでこの世や他人のために少しでも役に立つとはとても思えない。この『罪と罰』の老婆とそっくりなのだ。

そんな老女を早く「片附けた」ほうが合理的だと考えているのは自分だけではない、と女医は少し酔ってきた頭でぼんやり考えた。

(でも、そんなことを口に出す人は医局にも看護婦室にも一人もいない)

なぜだろう。その小林という老女への思いやりや憐憫《れんびん》からだろうか。しかし思いやりや憐憫以上に彼女が生きつづけているために看護婦たちは迷惑を感じているのは確かである。

(早く死んでくれればいい)

心のなかでは時々そう思っても、それを医者も看護婦も口にしないのは世間一般の非難がこわいからだろう。鬼畜のような医者や看護婦だと糾弾されるのが怖ろしいからにちがいない。

(でも、誰にもわからないように、それができたら……)

彼女はうす眼をあけて自分の部屋を見まわした。ベッド・ランプがほの暗く照らしている十畳ほどの洋間。ステレオやレコード・ボックスや洋服入れ。そのなかで普通の女の子とちがっているのは書棚にあるおびただしい本だった。

女医は武が池のなかに京子を突き落したと知っても心にはチクリとも痛みを感じな

かった。自分が武にやったことを決していやらしくないとは思わぬが、さりとて胸しめつけられるほど心の呵責をそそられもしなかった。

『罪と罰』のラスコリニコフは金貸しの老婆を殺害することで、どうにもならぬ苦しみに捉《とら》えられ、その苦しみがやがて彼に救いの道を与えるようになったという。

（いつかわたくしもラスコリニコフと同じことをやってみようかしら）

酔いの少しまわった眼に書棚にならべた本が少しゆれ動いてみえた。まぶたには小林という老いた女の患者の九官鳥のような顔がうかんだ。

白い手をのばしてスタンドを消し、彼女はすぐ、きわめて健康的な熟睡におちた。

二番目の出来事

入院して抗生物質を飲みだしてから二カ月目の終り、レントゲン検査がまた行われた。難波のように空洞のある患者はたんに平面写真だけではなく、胸部を何重にも撮る断層写真《トモ》までうつされた。

二カ月もたてば空洞もすっかり縮小しているにちがいないと高を括《くく》っていた彼は、

吉田講師の診察日までかなり楽観的な気分だった。

「これが断層写真《トモ》です」

浅川女医が出した紙袋をうけとって、講師はなかから一枚、一枚、黒っぽいネガをとり出しそれを眼の上にかざしながら、

「うーん」

曖昧《あいまい》な声をだした。その曖昧な声は写真の結果が良いのか、悪いのかわからず、難波は急に不安になった。

「どうなのでしょうか」

「そうねえ」

と吉田講師は患者を落ちつかせる言いかたを探して、

「あなたの場合、意外と空洞《カベルネ》の壁が厚くて薬が浸透しないんだな。悪化はしてないが、予想したほど良くもなっていない」

「すると、治るのに時間がかかるのでしょうか」

「うーん。かかるかも知れないねえ」

「どのくらい療養しなくちゃいけないんです」

「そうねえ。あと一年か、一年半かなあ」

女医たちが自分を見ているにもかかわらず、難波は思わず声をあげた。

「あと一年半も……」

「しかし昔じゃ一年半の療養なんて軽いほうだったのだよ」

「一年半もぶらぶらできません。卒業はあるし、就職にもひびくんです」

「それならオペをするより仕方ないなあ。手術……」

医者というのは人の都合、人の神経をまったく無視したことを平気で口に出す。

「手術？　手術するんですか」

「幸い、君の病巣《びようそう》は」と吉田講師は断層写真《トモ》の一部を指さした。「左上葉の……ほら鎖骨の下にある。切っても肺のごく一部分で体に与える損失も少ない。思いきって切れば、後々まで再発の不安もないわけだし、私としては手術を奨めるけどねえ……」

写真のなかに、まるで檻《おり》のように肋骨《ろっこつ》に仕切られた肺がうつっていた。鎖骨のすぐ下にまるく白い染《し》みのように浮びあがっているもの――それが難波の空洞だった。

「こんな筈《はず》じゃ……なかった」

悄然《しようぜん》として難波が吐息をつくと吉田講師は、

「私もこんな筈じゃなかったんだよ。結核の薬のストマイとエタンブトールとヒドラの組み合わせで充分、崩せると思ったんだがなあ」

と女医たちの方を向いて呟《つぶや》いた。

回診が終り医者たちが部屋を出ていったあと、さすがに稲垣も気の毒と思ったのか、話しかけようとせず黙って本を読んでいた。

難波は昼飯の時も午後の安静時間もすっかりしょげて同室の三人から離れた気持で考えこんだ。

安静時間がすむと彼はサンダルを引っかけ部屋を出た。誰からも声をかけられたくなかったし、誰にも愛想笑いなどしたくはなかった。

手術など生れて初めての経験である。元来、臆病《おくびょう》な彼はこの間の気管支鏡検査でも精一杯の努力だったのだ。それなのに今度は手術である。メスが自分の胸を引き裂くのだ。

いつかテレビで偶然、手術の実写をチラッと見てしまった。画面のなかでゴム袋のような真赤な臓器やにじむ血がうつし出されていて、あわててチャンネルを替えたのを憶えている。

しかし今度はテレビではない。自分の体をあのようにされるのだ。

「イヤだ」

中庭の池のほとりに腰をおろし、難波は膝《ひざ》がしらを抱きかかえながら考えこんだ。

「時間がかかっても、このまま内科療養をやったほうがいい」

しかし内科療法だとこれからもこの病院で入院生活を一年か、一年半も送らねばならぬのだ。グループのみなが卒業したり就職したりする時、自分はあのベッドで寝たり起きたりしているのだ。

うなだれて彼はどうしようかと考えこんでいた。その時、

「難波さん」

という女の声が頭上でした。顔をあげると渡来女医が診察着のポケットに片手を入れてすぐそばに立っていた。

「誰か、しょげている人がいるなあと思ったら難波さんなので声をかけたのよ。あなた、手術のことで考えこんでいるのじゃない？」

渡来女医は難波の主治医ではないけれど回診の時は他の医者と一緒に彼の症状も横で聞いている。今日の手術の話も彼女は承知しているのだった。

「元気お出しなさいよ。ね、喫茶室で珈琲《コーヒー》を奢《おご》ってあげるから」

浅川女医が昔のイングリッド・バーグマンという女優に少し似ているなら、渡来女医は中野良子を彷彿《ほうふつ》とさせた。テレビに出てくる中野良子と同じように髪が少し長く、鼻にかかった声を出し、笑い顔に魅力があった。

病院の地下室にある喫茶室のなかは医者や看護婦、患者や見舞客で混んでいた。やっと隅の席をみつけ、難波は女医と向きあって腰をかけた。

ムード音楽が流れている。湯気のたつ珈琲が運ばれてきた。久しぶりに味わう人間らしい匂《にお》い。ここには消毒薬の臭気はない。

「わたくしもね、思いきって手術をやれ、と奨めるわ」

渡来女医は難波の珈琲カップに砂糖を入れてくれて、

「理由は吉田先生がおっしゃったでしょう。爆弾をかかえて一生すごすと、人間、気持がどうしても消極的になるもの。思いきって除いちゃうことよ」

「手術は必ず成功しますか」

「わたくしたちの腕を信じてね。昔は肺葉切除なんて大変だったけど、今は失敗するのが医者の恥のようなものなの」

「じゃ、手術死なんて絶対にないんですね」

と、笑くぼをみせて彼を励まそうとしていた女医の顔に当惑がうかんで、

「そう言われると困るけど。だって注射一本だってショック死する体質だってあるんですもの。でもあなたの場合、余程のことがない限り大丈夫よ」

難波はなんだかこの若い女医が従姉《いとこ》か、姉のような気さえした。ドロップをくれた

浅川女医も優しかったが、渡来女医も自分の受持でもない患者にこう心を遣ってくれる。

「先生。ぼくが手術を受ける時」

と難波はふしぎそうに、

「先生は女なのにこわくないのですか、血や傷や、開かれた体のなかの内臓を見るのが」

「この間も知りあいに同じこと訊《き》かれたわ。でも馴《な》れよ。馴れれば何でもなくなるの。医大の学生の時、実験用の鼠のお腹《なか》をメスで裂くのさえ、ようできなかった人が今は皮膚科の手術室でメスを張切ってふりまわしているもの」

「先生、袖口《そでぐち》に血がついていますよ」

難波は目ざとく彼女の白い診察着の袖に赤い染みのついているのを見つけて注意した。

「あ、これ。どうしたのかな、患者さんのかしら。さっき、小林さんの血を取ったから。お婆さんが大部屋にいるでしょう。それとも実験用の鼠のかな」

渡来女医は屈託のない笑みをうかべた。笑うとその頬に笑くぼができて可愛《かわい》い。

「実験用の鼠を殺したんですか」

「うん。二匹ほど殺したの。癌《がん》のできた二十日鼠の内臓を調べたものだから」

笑くぼを浮べ……この若い女医の口から「殺したの」という言葉がまるで何でもないように出たので難波はむしろ、あっけにとられた。

「殺したって、もう何匹ぐらい鼠を殺したんですか」

「そりゃ何匹も。数えたことはないけど」

「可哀想と思いませんか」

「そんなこと思っちゃいけないのよ。殺されるために鼠は飼われているんですもの」

難波にはなんだか、わからなくなってきた。従姉のように優しい彼女と、二十日鼠を次々と平気で殺せる彼女とがどのように併存しているのか、ふしぎだったのである。

「とに角、手術のことよく考えてみます」と彼は急いで珈琲を飲んで立ちあがった。

「親にも相談しなくちゃなりませんから」

事件はこの手術の話が起きて三日後に起った。

それは手術のことで敏感になった難波の神経のせいではなかった。安静時間の静寂な病棟のなかで急に看護婦たちが走りまわる足音がした。それは病棟のなかの誰かが死んだ時とか、重態になった時のあの不吉な気配を感じさせた。

難波は眠っている岡本と畠山の二老人や稲垣を起さぬようにそっと扉を少しあけて廊下の奥を覗《のぞ》いた。

看護婦室の前で主任看護婦と吉田講師とが話しあっている姿が見えた。二人とも、ひどく深刻な顔をしている。彼等はこちらを遠くから見ている難波に気がつくと、あわてて看護婦室に姿を消した。

何かがあったことは確かだった。彼がベッドでふたたび横になると、その気配で稲垣が上半身を起し、

「あの物音、何だったんだろう」

とたずねた。彼もさっきから気がついていたようだった。

安静時間が終った時、体温計を持ってきた若い看護婦に、

「何かあったの。バタバタしていたが」

と稲垣がきくと、

「いいえ。たいしたこと、ありません。患者さんの一人が一寸、容態が悪くなっただけです」

と答えたが、若いだけに嘘《うそ》をつけぬらしく顔を赤くしたのが難波にも稲垣にもわか

った。

「難波さん」

こう言う時、真相をすぐ教えてくれるのはやはり芳賀青年だった。

「誰にも言わないでくださいよ。ぼくは大内看護婦から聞いたんだけど、口どめされているんだから」

大内看護婦というのは少し年とった看護婦で年下の主任看護婦とあまり仲がよくないらしく、芳賀はだから教えてもらったらしい。

「梶本という若い看護婦がね。うっかり患者を殺しかけたんだそうですよ」

と芳賀は声をひそめた。

「殺しかけた？」

「ああ……死なせかけたと言ったほうが正しいでしょうね。彼女にはその気がなかったんだから。一番奥の大部屋に小林トシさんというお婆さんがいるでしょう」

そう言われても難波はそんな患者を知らないので首をふると、

「とに角、寝たきりのお婆さんがいるんですよ。そのお婆さんに看護婦さんが点滴をしようとしてね、劇薬を間違えて直接、点滴の管に入れてしまったんですね」

「それで？」

「それでお婆さんは心臓発作を起して……幸い、吉田先生がすぐ駆けつけたから助かったんだけど……もし、あのままなら死んだかもしれないって……そう大内さん、言ってましたよ」

手術をやろうかと考えていた難波にはこれはぞっとするような話だった。医師でも看護婦でも人間である以上、どんなミスを起すかわからない。

「黙っていてくださいよ。この話。秘密なんだから」

「ええ」

「しかしふしぎなんだなあ」

と芳賀は更に声をひそめて、

「その若い看護婦はそんな劇薬のアンプルは出した憶《おぼ》えがない、と言っているんだそうです。用意したのは蒸留水に葡萄糖《ぶどうとう》、塩化カリで……劇薬はいつの間にか、すり替えられていたって……」

「へえー」

難波は急に怖ろしくなって、あたりを見まわした。だが病棟の午後の廊下はいつもと一向に変りなかった。赤電話をかけている女性患者。散歩に出かけるガウン姿の男性患者。花や果物籠《かご》を持ってエレベーターからおりてくる見舞客たち。

「でもすり替えるなんて、できるんですか。あの看護婦室にはいつも先生たちや看護婦がいる筈だし」

「だから、ふしぎだと言っているんですよ」

「それにしても気味わるい病院だなあ。池では女の子が溺《おぼ》れるし……今度は患者が殺されかけるし……ぼく、ここで手術するのが嫌になってきました」

「気にしない、気にしない。どんな大きな病院でもこんな事件はチョク、チョク、あるんですよ」

「で、その看護婦はどうなるんです」

「病棟じゃ秘密にしようとしていますがね」

それからこの好奇心の強い青年は難波にむかって片眼をつぶってみせると、

「ぼくはもう一寸、聞きこんできますよ。どうせ暇なんだから。何かわかったら、また教えてあげます」

夕方、配膳室《はいぜんしつ》の車があまりうまくもない食事を運びにくるまで難波はベッドの上で色々と考えこんだ。気になるのはそうしたミスの起った病院で手術をうけ、もし万一のことがあったらどうしようということだった。

いつかドロップをもらった研究室に彼はもう一度、出かけて扉をノックした。

「どうぞ」

研究室のなかには彼の主治医の浅川女医の姿はなく、そのかわり大河内女医がタイプを叩《たた》き、そのそばで渡来女医が独逸《ドイツ》語の本を開いていた。

「先生、ぼく、手術はやめようと思うんですけど」

「え、なぜ」

渡来女医はびっくりしたように彼の顔をみた。三日前、喫茶室でとり交した会話で難波が手術を承知すると思っていたようだった。

「その気になったのですけど……今日、この病棟で看護婦が大きなミスをやったでしょう。あれを知ったら……」

渡来女医の顔から笑くぼが消えた。大河内女医のタイプを叩く音がやんだ。大河内女医は眼をそらせたまま、難波が次のように言うのを聞いていた。

「やはりこの病院で手術するのがこわくなりましたので」

「そのミスのこと、あなたは誰からお聞きになったの」

大河内女医は眼をそらせたまま静かに言った。

「聞いたというわけじゃないんですが……わかったんです」

と難波は言葉を濁した。

「そう……じゃあ、他の患者さんも知っているんですか」

「いいえ。ぼくはまだ誰にも言っていません」

大河内女医は難波を凝視した。彼の言っていることが本当か、どうかを探るように……。

俗物のプレイボーイ

俗物のプレイボーイがそうするように、大塚も女医の心をひくため、自分が並の男ではないのだということを懸命に示そうとした。

仏蘭西《フランス》料理の高級なレストランに連れていったり、日生劇場にミュージカルに誘ったのもそのためだった。そしてそうしたデートの間中、会話のなかにチラチラと自分の教養を伝えるような言葉を入れたり、自分の能力や未来が普通のサラリーマンとは違うのだと言うことを暗示した。

有名な時計店の息子だということを一方では鼻にかけながら、他方では三代目の坊ちゃんと思われたくないために、やがて店をついだら自分がやるであろう事業をほの

めかしたりする大塚の努力を女医は感心したふりをみせながら、

（ああ、この人も同じことをやっている）

と今までよく似た形で自分に接近してきた何人かの男のことを思いだしていた。

（おそらく、この次はこの人、ドライブに誘ってくるわ。それもポルシェか何かで）

彼女の予想は当っていた……。

「次の土曜、よろしければドライブしませんか」

大塚から電話があったのは診察が終って看護婦室で手を洗っている時だった。

あの事件があってから看護婦室も病棟も雰囲気がちがってきた。

壁には、

「注射、点滴、投薬の時はもう一度、確認しましょう。婦長」

扉にも、

「関係者以外の立入りを禁じます」

という紙がはられていた。

「ドライブですか」

可笑《おか》しかった。自分の考えていた通りだったからである。

「どこに」

「箱根はどうでしょう。土曜日はお忙しいでしょうか」

大塚の声にもう哀願的な調子がある。

「ええ、結構ですわ」

彼女は大塚がドライブだけではすませないことも大体、見当がついていた。だから
と言って、どういうことでもない。

土曜日の午後、彼はポルシェではなく、友人から借りたという真赤なベンツで病院
に迎えにきた。

「二時間で箱根に入ると思いますよ」

なるほど、こういうことは馴れているとみえて大塚の運転はなかなか上手だった。

「いい気持」

厚木をすぎると東名道路の右側に大山や足柄山がみえはじめた。窓を少しあけて女
医は髪がみだれぬようにエルメスのスカーフで頭を覆《おお》った。

「今夜、何時までに東京に戻ればいいのですか」

大井松田を過ぎて、左右に黒々と蜜柑《みかん》山が拡《ひろ》がった頃、大塚はいかにも何げないよ
うに訊《たず》ねた。女医には彼の訊きたいことが本当は何か、わかったので、

「何時でも」

「というのは……今夜遅くなってもかまわないと言うことですか」

「ええ。明日の日曜、わたくしは当番医じゃないんですもの」

ごくりと唾《つば》を飲む音は聞えなかったが、そんな感じで、

「じゃ、思い切って芦《あし》の湖畔《こはん》に泊りませんか。そのほうが結構、のんびりとして楽しいと思いますがね」

大塚はハンドルを握って正面をむいたまま呟いた。

「ええ」彼女は微笑《ほほえ》みながらうなずいて、「わたくしは、かまわなくてよ」

「そうですか」

何げない顔をしていたが、大塚が心のなかでどう思っているかは彼女にも容易に想像できた。

箱根の山に入って幾度もカーブを重ねるとやがて真下に湖が見おろせた。狐色《きつねいろ》の山に午後の陽があたっている。

湖のほとりの白いホテルに車をとめた。

「大塚さま、お久しぶりでございました」

フロント係の男は大塚とは顔なじみらしく、玄関まで出むかえて挨拶《あいさつ》した。

「お食事でございますか」

「そのつもりで寄ったんだが、今夜は泊ることにしたよ。湖に面した部屋を二つとってくれないか。隣りあわせで……」

彼はここでも自分が顔であることを女医にみせて、

「我儘《わがまま》がきくんですよ、このホテルじゃ」

と例によって得意げに囁《ささや》いた。

既に午後も夕暮に近かった。更にドライブを続けてホテルに戻ってくると湖は暮色に包まれていた。その暮色に包まれた湖をロビーから眺めながら二人はアペリティフをとった。

「ぼくたちを他の人が見たら、どう思うかなあ」

とマルチニーをたて続けに飲んで顔を赤くした大塚は酒の酔いを借りて言った。

「若い夫婦と思うでしょうか、恋人と思うでしょうか」

「さあ」

彼女のほうはチンザノのコップを掌にのせてにこにこと笑った。

「兄妹と思うかもしれませんわ」

「ひどいことを言う。なぜ、あなたはいつもぼくの話が肝心なところに行くとはぐらかすんです……」

「あら、なぜ」

「ぼくの気持はもう、わかっていらっしゃるでしょう。正直いって女性と交際するのはこれが初めてじゃありません。でも、こんな気持になったのは初めてです」

「と、たくさんの女性におっしゃったのね」

「茶化さないでください」

　追いかけたバッタがつかまえられなくて本気になりだした猫のように、大塚の眉《まゆ》と眉との間にあせりの色がみえた。

「ぼくはあなたに……」

「むつかしいお話はお食事のあとにしましょうよ。折角、湖のそばまで来たんですもの。この風景を楽しみたいわ。対岸に灯がつきはじめましたわね」

　この女は無邪気なのだろうか。それとも男の心を操ることを知っているヴァンプなのだろうか、と大塚は強いマルチニーを一気に呑《の》んで女医の横顔を恨めしげに見た。その横顔にはなんの屈託もなく、まるで絵をみる女子学生のように素直だった。

　さして広くない食堂で夜の食事をした。季節はずれのホテルだがそれでもゴルフ客が何組かあった。

　食事の間はさすがに大塚もさっきの話は切りだせず、例によって自分の教養をみせるために専《もっぱ》ら黒沢明やコッポラの映画の話をした。

「コッポラはサンフランシスコ派というグループの一人でしてね、人間的実存的な問題というか無意識的不安と社会的虚無感とをえぐり出して……」

彼女はこの湖でとれたと言うわかさぎをおいしそうに口に入れていた。ジャムをかけたその魚がこのホテルのレストランの名物だった。

「ぼくの話はつまらないですか」

「いいえ」と彼女はあどけなく笑った。「でも大塚さんは映画や芝居や絵の話をなさる時は、いつも、的《てき》という言葉をたくさん、お使いになるのね」

「的」

大塚が不審そうな表情をすると、

「ええ」と彼女はうなずいて、「人間的でしょう、社会的でしょう、無意識的でしょう、映像的でしょう、さっきから数えていたら的が七十二回あったんですもの」

「あなたは……ぼくをからかっていらっしゃるんですか」

「いいえ。でも、おかしかったの。ごめんなさい」

食事が終って部屋にのぼろうとする大塚をじらすように女医は遊戯室で四、五回、ゲームを楽しんでいた。まるで修学旅行の女子高校生のようだった。

「ねえ、よろしければ、ぼくの部屋で一杯やりませんか」

「ええ。先にいらして頂戴《ちょうだい》。これが終ったらすぐ伺うから」

インベーダー・ゲームをひとり動かしながら女医は笑顔をみせた。

すぐ伺うから、そう言ったにかかわらず、大塚は四、五十分も部屋で待たされた。窓の向うはもう真黒で、どこまでが湖でどこから黒い夜空なのかさえわからない。ボーイが運んできたブランデーの瓶とグラスとを前にして待ちあぐねた大塚は立ちあがって部屋を出た。

彼女のために形式的にとった隣室の扉が少しあいて灯がもれていた。彼がそっと近づくとその扉は少しあいていて、バスルームからシャワーの烈《はげ》しい音がした。

(なんだ、シャワーをあびてから来るつもりだったのか)

と大塚は自分の部屋に戻ろうとしたが、急に烈しい好奇心にかられて開いた扉をそっと押した。シャワーの音に消されて彼女は彼が入ったのに気づいていないようだった。

ベッドの上にさっきまで着ていた洋服とハンドバッグと本とが放り出してある。本はドストエフスキーの『罪と罰』の文庫本である。

椅子《いす》の上にはベージュ色の彼女のスリップと、泡のようなパンティとが放り出されていた。それはまるで大塚がこの少し扉のあいた部屋に入ってくるのを承知していて、彼を誘惑するためにそこに置かれているようだった。その泡のような小さなパンティから大塚は今、シャワーをあびている女医の白い裸体を想像した。

部屋に戻って彼はブランデーをグラスに注ぎ何くわぬ顔をして彼女を待っていると、やがて扉をノックする音がした。

微笑みながら入ってきた彼女は窓によって漆黒に塗りつぶされた外を凝視していた。

酔いがまわりはじめた大塚はその背中にむかって、

「ねえ、ロビーで中断した話の続きをもうしていいでしょうか」

と声をかけた。

「なんのお話だったかしら」

「ぼくは真面目《まじめ》に言っているんです。あなたと交際してから色々と考えた末、あなたという方がぼくという鍵《かぎ》に一番あう鍵穴だという気がしてきました。だから、もしあなたさえ良かったら、今後はたんなる友人としてではなくそれ以上の関係で交際したいんですがね……」

「それ以上の関係って……」

窓辺に立った彼女はくるりとこちらに笑顔を向けて、

「婚約という意味かしら」

「そう考えてくださっても結構です」

「大塚さん、意外とせっかちでいらっしゃるのね。まだ、わたくしたち御交際して何カ月もたっていないのに……それにわたくしという人間を御存知ないのに……婚約だなんて」

「男と女は長い間、交際しているから、よく理解しあえると言うもんでもないでしょう。それにぼくはぼくなりにあなたを理解したつもりですが」

大塚は少しむきになって反論をした。

「じゃあ、このわたくしをどんな女だとお思いになりまして」

女医はブランデー・グラスを手にしたまま悪戯《いたずら》っぽい眼を男に向けた。

「そう言われても簡単に言えないが、普通の女と違った何かがぼくの心を捉《とら》えたんです。頭がいい。でもいわゆるインテリのギスギスした女と違ってあなたは可愛い。小悪魔的なところが可愛い」

「小悪魔的なところ？」

突然、女医の眼に一瞬だが怒りの色が走った。

「それ、どういう意味ですの」

「気に障《さわ》ったら失敬。ぼくはコケティッシュだと言いたかったんだが、つまり男の心を何か翻弄《ほんろう》するものがあるって……」

「じゃ、たとえば谷崎の『痴人の愛』に出てくるナオミのような……このわたくしが……」

彼女は嬉《うれ》しそうに声をたてて笑った。

「怒ったんですか」

「いいえ。可笑しかったの。はじめてですもの。小悪魔的だと言われたのは……でも大塚さん。わたくし、決して小悪魔的じゃないわ。むしろ、自分には悪魔的なところがあるとさえ思っているの」

「あなたが悪魔的？」

大塚は威張っている小さな妹をみるようにニヤニヤとした。

「でも、ぼくが見る限り、あなたにはそんな怖《おそ》ろしいところはない。第一、その無邪気な顔のどこが悪魔的なのかなあ」

「しかし、それはあなたがわたくしを御存知ないからだわ」

からになった彼女のブランデー・グラスに大塚が濃い褐色の液体をつぐと、それを一口飲んで女医は、

「わたくしは自分が婚約したり結婚をしたりする殿がたが、わたくしのその部分を承知してくださらないとイヤなの」

「承知しますよ、ぼくは」

高を括《くく》った大塚は子供を甘やかすように簡単に約束をした。

「ほんと？」

「ほんとですよ」

勝った、と彼は思った。今までの経験で会話がここまでくればその女は征服されたも同然だったのだ。手をのばして大塚が彼女を引き寄せようとすると、女医は一歩、退いて、

「わたくしのどんな部分も認めてくださるとおっしゃったのね」

「そうですよ」

「なら、手を出してくださる？」

「手ですか。何をするんです」

「その手に針を刺してみたいの」

「針？　わるい冗談だなあ」

大塚は小馬鹿《こばか》にしたような笑いをうかべて女医を見あげたが、女医は真剣な表情だった。

「なぜ、そんなことをするのです」

大塚の声はかすれていた。

「あなたがあんまり自信ありげな顔をしていらっしゃるからよ。あなたのその眼に怯《おび》えを見たいからよ」

「眼に怯えをみたい？」

「ええ。わたくしのどんな部分も認めてくださるとお約束になったんでしょう」

女医の声も顔もあどけないと言ってよいほどだった。大塚はその微笑んだ顔をみているうちに、なぜか自分の意志が溶けて、まるで催眠術にかかった人間のようになっていくのを感じた。

「手を出して」

女医はひくい声で命じた。大塚は言われるままに手を出した。

その手を持って、彼女はいつの間に用意したのか、胸のポケットから紙に包んだ針を出した。

「刺すわ。いいこと」

「ああ」

眼をつむって大塚はもの憂《う》く答えた。瞬間に鋭い痛みが掌を稲妻のように走った。それは大塚が今まで考えもしなかったこの女医の別の面にはじめてふれた痛みだった。彼は本能的に今、この瞬間以後は自分がこの女を征服するのではなくて、生涯、彼女の言いなりになるだろうと思った。

刺した針をぬいてもらった。外の湖は真暗で、どこから空で、どこまでが岸なのかわからない。

その夜、大塚は彼女の体にさわることだけを許された。さわるだけで、それ以上はさせてもらえなかった。

反応なし

蜘蛛《くも》の巣にひっかかる虫はわざわざ進んでその巣にからまるのではない。しかし大塚は箱根で一夜をあかしてから、これ以上、この女医と交際するのがひどく危険だと承知しながら、その危険から遠ざかれなくなってしまった。

それは彼女が今まで彼が交際したどんな女とも違っているからだった。大塚は独身だったし、自由になる金はあったから、狙《ねら》ったたいていの女は陥《おと》してきたのである。そのさまざまな女のなかには献身的な娘もいれば、利己主義な女優もいた。ヴァンプな人妻もいれば、いわゆる小悪魔的なホステスもいた。そんな色々な型の女をひと通り通りぬけた彼だが、この女医だけは彼が今まで出会ったことのないまったくジャンルを別にした女性だったのである。

それは――たとえばヴァンプや小悪魔的な女もその目的とすることが大塚には大体、見えすいているのに、この女医が一体、何を考えているのか、理解できないためでもあった。理解できぬ謎《なぞ》がいつも微笑をしている彼女の顔のうしろにあって、大塚はそれにずるずると引き寄せ、引きつけられていくのである。

(この女は……雌の蟷螂《かまきり》かもしれない)

と彼は思った。雌の蟷螂が交尾のあと、自分の体にのった雄をその長い脚でかかえ、食べていく。そんな実写をテレビで見たことがある。

その時、大塚が奇異に思ったのは、なぜ食べられる雄が無抵抗のまま逃げようとしないのか、ということだった。射精したために彼はもう逃げるだけの力を失ってしまったのか。それとも彼には雌に食べられることに言いようのない快感を感じているのか——大塚はどうも後者らしいとその時、テレビを見ながら考えたのだった。食べられている雄蟷螂の顔がクローズ・アップされたが、その顔には苦悶《くもん》の影はどこにもなかった。むしろ自分が雌の歯によって嚙《か》み砕かれていくことに満足しているような表情をしていたのだ。

(あの女は雌蟷螂で……俺は食べられる雄だ)

それを彼は箱根から戻って最初のデートの時、女医に話した。

「じゃ、あなたはお嫌なの」

彼女は例によって嬉しそうに笑いながら訊ねた。

「嫌じゃないから、話しているんでしょう」

大塚が少し照れ臭そうに自分の気持を白状すると、

「じゃ、それで、いいじゃないの」

と彼女は平然として答えた。

平然とした彼女、と言ったが、少しずつ大塚の女医にたいする印象は変っていった。最初の頃は彼の眼にはまだ無邪気で世間知らずの娘としてうつった彼女は、実はそんな無邪気と世間知らずを装《よそお》っていることが次第にわかってきた。そしてその奥には大塚が不安になるような冷酷で残酷なものが、雪にぽっかりと黒い口をあけたクレバスのように覗いていることが彼にやっと理解できたのだ。

「君にかかる患者は君のそんな面を知らないのかい」

宮城が見おろせるホテルの部屋で大塚はベッドに仰向けになった女医の裸の脚をいじりながら、ふしぎそうに訊ねた。

「そんな面て……」

「ぼくの掌に針を刺したような面を」

「ああ……」

女医は物憂げに天井を見ながら答えた。

「知らないわ。わたくし、親切な医者と思われているでしょうね。患者だけではなく、研究室の友だちも看護婦たちも」

「自分で自分をサディストと思うかい」

「サディスト？　いいえ、わたくしは決して異常な女じゃないわ。あたり前の女なの。女というのは皆、わたくしのような面を胸の底にかくしているの。ただそれに気づかないか、表面に出さないだけ」

「じゃあ……君だけが」

話しながら大塚の手は仰向けになっている彼女の足頸《あしくび》をマッサージでもするように往復していた。その足はすんなりとして、ひきしまっていた。

「なぜ、そういうことに気づいたんだい」

「女はすべて自分が無道徳《アモラル》な人間だと知っているの。悪いことも信じない代りに善いことも信じない。それが女なのよ。その上、何が本当に悪で、何が本当に善なのかがわたくしにはよく、わからないのよ。無道徳な女って、本当は無感動なの。だから、どんなことでも平気でできるのよ。世間の常識から言うと、いやらしい事でも、おぞましい事でも、残忍なことでも。どんなことをやっても、人にわからなければそれほど胸が痛くもならないでしょうねえ」

彼女は脚をくみかえて大塚のしつこいマッサージを避けた。

「すべての女がそうなのか、信じられないが」

「いいえ。本質的にはそんなものなのよ。女がよくヒューマニズムとか、人間愛など向きになって叫ぶのは、実は自分たちが無道徳だからなのよ」

女医は眼をつぶったまま独りごとのように呟《つぶや》いた。

「水族館にいるでしょう。水の底に沈んで周りの砂の色にあわせて体の色をかえる平目。女はあれとそっくりだと思う。男のように道徳なんかに本当は関心はないの。だから女は無道徳なことを平気でできるわ」

「君のいう無道徳な行為って、例えば何だい」

大塚は半ば好奇心に駆られて探りを入れた。

「たくさんの男と寝ることかい」

「そんな……くだらない。男と寝るなんて別に道徳的でもなければ無道徳的でもないわ」

と女医は大塚を馬鹿にしたように物憂げな声で答えた。この男はやはり何もわかっていないのだ。いつも何でも知っているような口ぶりをするが結局は月並な世間の常識でしか人間を見ていない俗物だと彼女は今更のように感じたのだった。

「難波さん」

地下室の売店で雑誌を読んでいた難波はうしろから声をかけられた。背広を着た芳賀だった。

「お出かけですか」

難波は相手の外出姿を羨《うらや》ましそうに眺めながらたずねた。難波には与えてもらえない自由がこの青年にあるのだ。

「いや、今、戻ってきたところです。難波さんは手術をとりやめるんですか」

「例の事件があってから、ためらっているんです。先生たちは考え直せ、考え直せと言っていますけれど……」

「その事件のことなんですけれど」

芳賀はあたりを見まわして、

「一寸《ちょっと》、待合室のほうに行きませんか。話があるんです」

「ええ」

難波はうなずいて芳賀と一緒に一階の待合室まで階段を登った。

午前中は薬局、会計、初診受附の窓口の前に外来患者が雑踏している一階は午後になるとほんのわずかな人影しかない。時折、医者や看護婦が通りすぎるだけである。

「ここに坐《すわ》りましょう」

薬局前の長椅子のひとつを指さして芳賀は自分も腰をかけ、ポケットからチューインガムをとりだした。

「食べませんか」

難波に奨め、

「難波さん、例の事件のことですがね。ぼくは、調べてみたんです」

「好きですねえ」と難波は笑って、「でもどういう風に……」

「あの梶本という看護婦と話をしてみたんですよ。彼女は、あの出来事が自分の責任に思われるのは心外だと言っていましたからね」

梶本という看護婦はまだ学校を卒業して二、三年たったくらいだったが、あかるくて親切で患者たちに評判はよかった。

「それで……」

「彼女はあくまで、あれは自分に覚えのないことだと言うんです。誰かがすり替えたんだって」

「すり替えたって……誰が……」

芳賀はポケットから紙をとりだして難波にみせた。

「ごらんなさい。彼女の話を時間的経過を追って整理してみたんです」

芳賀の指が箇条書にした文字をひとつ、ひとつ示して、

「梶本さんは点滴に必要な葡萄糖や蒸留水それに塩化カリウムを用意したのは安静時間のはじまる前だったと言っています。この薬はいつも置いてあるところが決っているから間違うことはないって。ほかの薬をとり出すとは考えられない、と彼女は言っ

ているんです」

「なるほど」

「そこで梶本さんがそれを準備したあと小林さんの大部屋に行くまで一時間ほどあった。その間に、看護婦室に誰が入ってきたかがまず問題ですね」

　この男、まるでシャーロック・ホームズみたいだと難波は感心して、その横顔を見つめた。

「ぼくの質問に梶本さんはその間に看護婦室には何人かの人が入ってきた。主任看護婦のほかに女医の先生たちが」

「すると、あなたは、その何人かの人の誰かが、薬をとり替えたと言うんですか」

「それしか考えられないでしょう。まさか薬のアンプルがひとりでに動き出して、ほかの薬と代るということは考えられませんからね」

　難波は芳賀が経過を書いた紙をじっと見つめながら、

「こういうことが考えられませんか。女医の一人が看護婦室で偶然、砒素《ひそ》の入った劇薬のアンプルをとり出して、机の上においた。それを梶本さんが間違えて持っていった。彼女は自分の過《あやま》ちに気づいたが、黙って知らぬ顔をしている」

「ぼくもそう思いましたよ。しかしね、それなら梶本さんの用意した塩化カリウムのアンプルはどこに消えたのか。梶本さんはアンプルはひとつしか用意した盆の上になかったと言っているんですが……」

「じゃあ、やっぱり、すり替えられた」

「と思いますよ」

がらんとした待合室で難波と芳賀とはひそひそと言葉をとりかわしていた。

「でも……」

難波は声をひそめた。

「なんのために、そんな事をその人はしたんだろう」

「そこですよ。ぼくの想像では梶本さんは陥《おとしい》れられたんじゃないかなあ」

芳賀は今度の事件はあきらかに誰かが悪意をもって梶本看護婦を窮地に陥れようとしたと考えているらしかった。

「じゃあ、焦点がしぼられてきたわけだ」

と難波は口に入れていたガムを銀紙に吐きだして、

「その時間内に入った主任看護婦や女医のなかで彼女を嫌っていた人を探せばいい」

彼としては名案のつもりだったが芳賀はうかぬ顔をして、

「ところが、彼女は自分は同輩にも先生たちにも特に嫌われている覚えはないと、そがこの病院のなかに起った事件の秘密に指を触れたような気がしたからだ。

難波は急にうす気味が悪くなった。がらんとした待合室で芳賀と自分との二人だけ
「患者はこの時間は安静でみな病室にいた筈《はず》ですよ」

「すると患者のなかに……」

う言うんですがね」


と芳賀はそう言って立ちあがった。

「ぼくがわかったのは、そこまでです」


仰向けになって天井をみながら、難波は芳賀から聞いた話を嚙みしめていた。その話には多少、強引なところがあって、そのままは肯定できぬ気がする。まず、芳賀は梶本看護婦の話をうのみにして、そこには嘘がないと信じきっているようだ。しかし彼女にも自分の過ちを誤魔化そうとする意志がないとは言えない筈だった。

だが、もし彼女の言葉通りならば、事件は薬のすり替えから起ったことである。そして、すり替えの動機はこの看護婦を困らせよう、罪に陥そうとして誰かがやったと推量できる。

（では、誰が）

難波は芳賀に先んじてその犯人を見つけてみたいと急に思った。芳賀がシャーロック・ホームズなら、こっちはブラウン神父でもメグレ刑事でも結構だ。退屈しのぎにこれはいい遊びだぞ。

岡本老人と畠山老人が碁をやっている。そばで稲垣がそれを見ている。

「ちょっ」と岡本老人は舌打ちをして、「そりゃ汚いよ」

「汚いったって、引っかかるからいけないんだ」

と畠山老人はせせら笑った。どうやら、はめ手にはまったらしい。

（はめ手か）と難波は指の爪《つめ》をかみながら考えこんだ。（はめ手を使って犯人を見つけると言う方法もあるな）

その方法とは主任看護婦や四人の女医にわざとあの事件の話をして、その反応をじっと見るというやりかただった。つまりあの事件の話にどんな反応をそれぞれが見せるかを観察するのだ。

翌日――。

いつものように浅川女医が診察に来た。

「変りありませんね」

この頃は特に聴診器《ステト》をあてると言うこともしない。

「手術のこと、まだ迷っているの」

「そのことですが、ぼくは間違っていたようです。あの出来事は看護婦さんのミスだとばかり思っていたのですが、どうやら、そうじゃないらしいですね」

彼が一気にそう言うと浅川女医はじっと仰向けになっている彼を見おろし、

「それ、どういうこと」

とたずねた。

「よく、わかりませんが、誰かがあの看護婦さんにミスさせるようにした——そんな気がします」

「誰かって……誰」

「それはわかりません」

「いいこと、難波さん、推理小説の読みすぎかどうか知らないけれど、あなた、少しどうかしているわよ。患者さんは病気を治すことだけ考えて頂戴。そんな妄想を思いついたりしていると体に障りますよ」

「妄想でしょうか」

「とに角、あの事は解決ついたんですからね」

女医は少し怒った表情で病室を出た。難波は反応、五点と手帖《てちょう》に書いた。それは彼が話を切りだした時、女医はハッと狼狽《ろうばい》するところが見えなかったからである。同じ方法で主任看護婦が六点、他の女医たちは五点と出た。

「くだらないことは考えないでください」

主任看護婦は彼に警告した。

「そんなことをこの病院でつづけると、強制退院になりますよ」

現代人についての対話

「どうぞ、ここでお待ちくださいまし」

日本人の修道女は女医を応接間に入れて軽く頭をさげた。

「神父さまは間もなく、いらっしゃいますから」

「はい」

修道女が姿を消すと女医は入口にちかい籐《とう》椅子に腰をおろしてまわりを見まわした。日曜日の修道院はひっそりとしている。乃木坂をおりて赤坂のほうに向った住宅街のなかにこの女子修道院はあった。コの字型になった建物では修道女が働き、生活していて、そこから少し離れて聖堂が建てられていた。

その聖堂で今、日曜日のミサが終ったらしく、信者たちが挨拶をする声がこの応接間までかすかに聞えてきた。

それらの声がやむと手前の修道院はもうまったく静かになる。女医は壁にかけられたフラ・アンジェリコの『受胎告知』の絵をじっと見つめて、神父の来るのを待っていた。

やがて足音が遠くから聞えて、それがこちらに近づいてきた。

扉をあけて、白髪の柔和な老神父が、立ちあがった女医に、

「お待たせいたしまして、ごめんくださいい」

と巧みな日本語でわび、

「日曜日は私はここでミサをあげます。十年間の習慣です」

「でもこの前は上智大学でミサをたてておいででした」

と女医は微笑《ほほえ》みながら、

「わたくしはあの時、その御ミサに出ていました。神父さまは悪魔の話をなさいました」

「信者ですか、あなたは」

「いいえ。クリスチャンではございません」

と女医は何かを強く拒否するように首をふった。

「では……私に会いたいと手紙をくださいましたのは、何か相談のことですか、それとも洗礼を受ける勉強のためですか」

「御相談したいからです」

「どうぞ、おっしゃってください」

老神父はまるで母親の話を待ち受ける子供のように無邪気な眼で女医を眺めた。その無邪気な、澄んだ碧《あお》い眼をみると、彼がまったくこの世の悪というものを知らないようにさえみえた。

「神父さま……しかし、このこと誰にも黙って頂けるでしょうね」

と女医は真剣な声でたずねた。

「どんな神父も人の秘密を決して言ってはならぬ誓いをしています」

老神父は安心させるように、

「だから御心配なさらないでください」

「じゃ、申します。この前神父さまは上智大学の聖イグナチオ教会で悪魔の話をなさいました。悪魔は実は眼にみえぬ埃《ほこり》のようなものだと」

「はい」

「そしていつの間にか埃が部屋に溜《たま》るように悪魔はひそかに、目だたずに人間の心に入るのだとおっしゃいました」

「はい、悪魔はそのようなものです。今の世のなかでは基督教《キリスト》の信者でさえ悪魔がいると信じません。それが悪魔のいちばん望むところです。こわがられず、怖れられずに人間の心のなかに入りこめるのですから。ひそかに、目だたぬのが悪魔なのです」

組んだ手の二本の人差指を交互に動かしながら神父はわかりやすくこの日本人の女医に悪魔の話を教えた。しかし彼が長い歳月をかけて書いた『トマス神学による悪魔論』の内容はもっと深い思索に充《み》ちたものだった。

「ではその埃のたまった心の持主はどうなるのでしょうか」

「どうなると、おっしゃると」

神父は女医の質問がよく理解できなかったらしく、首をかしげた。

「悪魔という目だたぬ埃がいつの間にか溜った人間はどこでわかるでしょうか」

「それははっきりとわかります。たとえばその人間は神はもちろん人を愛する気持も失うからです」

「人を愛する?」

「はい。人を愛する気持がなくなるからです。人を愛さぬ者は神を愛しません。それから……」

「それから」

「人を愛する気持を失いますから、何事にも無感動になります。自分の罪にたいしても」

若い女医は注射でも打たれたようにぴくっと体を震わせた。そして反射的に、

「無感動に?」

「はい。苦しんでいる人を見ても何も感じない。悲しむ人を見ても別に何とも思わない。どんな罪を犯しても何とも思わない」

「神父さま」

と女医は呻《うめ》くように呟いた。

「わたくしがここに伺ったのは……そのわたくしが今、おっしゃった人間だからです」

白髪の老神父は黙って彼女を見おろした。しかし彼のその無邪気な眼には別に驚きも嫌悪《けんお》も浮ばなかった。

「わたくしは昔から無感動な女でした。女医になった今、ますますそんな傾向が強くなってまいります。人が苦しんでいてもどんな罪を犯しても何とも思いません。自分で自分の心がからからに乾ききった地面のように思うことがあります」

「苦しいですか。それが」

神父は彼女の眼を見つめながらたずねた。

「苦しいです。自分が人間ではないような気がして……いいえ、本当を言うと別に苦しくはありません。そんな乾ききった自分の心をじっと見つめているだけです。神父さま。悪って何でしょうか」

「悪とは愛のないことです」

「では、わたくしはきっと悪女なのでしょうね。誰をも愛したことがないのですから」

「御主人か、恋人は」

「おりません。しかしたくさんの男の人と寝ました」

「それをみじめだとお思いになりましたか」

「別に。男の人と次々と寝るぐらい、今の女なら誰でもやっていることですもの」

「いいえ、そんなことではありません。誰をも愛したことがない御自分をみじめとお思いになりませんか」

「時々。でも特に強く思いません。ほかの人が着ている服を自分が持っていない――その程度のかすかな不満はありますけれど、それだけです。でもわたくし、自分が時々、異常な人間ではないかと思うことがございます」

「いいえ」

神父は組んでいた手をといて、膝《ひざ》の上においた。

「あなたは異常ではありません。あなたと同じような心を持った人はたくさんいるのです」

「本当でしょうか」

「本当です。現代の人間なら多かれ少なかれ、あなたと同じ心を持っているでしょう。それは悲しく辛《つら》いことですけれども」

「ではその人たち、なぜ、普通の人間のようなふりをして生きているのですか。自分のその怖ろしい内側をさらけ出さないのですか」

「あなただって病院ではいいお医者さまでしょう」

と神父は真顔で答えた。

「ええ、いい女医のふりをしています」

と女医はうなずいて、

「でも、わたくし、このひからびた心を治すため、色々なことをやろうとしてきたのです。この乾ききった、無感動な心を引き裂いてくれる鋭い痛みが欲しいんです。良心の呵責《かしやく》という痛みを感じたいんです……それなのに神父さま、どんな罪を犯してもわたくしには心の痛みがないんです」

その声には言いようのない切実な悲痛なものさえふくまれていた。

「ではどんな罪を犯しました？」

老神父は顔をあげ、威厳にみちた調子でたずねた。

「お聞きになりたいですか」

若い女医は挑戦的な笑いをうかべた。まるで男を誘惑する娼婦《しょうふ》のような笑いかただった。

「聞きましょう」

彼女は二つか、三つ、自分のやった行為を神父に語りはじめた。ルージュを軽く引いたその唇のあたりに快楽のただよう微笑をうかべたまま……。

彼女の語った行為は神父が今日まで教会の告白室で信者からうち明けられた多くの罪とはまったく違うものだった。それらはすべていやらしい、吐き気のする行為だった。みだらで、陰気で、汚水の表面に泡をたてるガスのように臭気にみちていた。

「それでも、わたくしは心の痛み、良心の呵責を感じたことはございませんの」

むしろ勝ちほこったように胸をそらせ若い女医は話を終えた。

沈黙が続いた。日曜日の修道院はふかい谷のなかのように静かで、時折、乃木坂を走る車の音がかすかに聞えるだけである。まるで無人の建物のようだった。

「どうお思いになります？　神父さま、わたくしはやっぱり異常《アブノーマル》じゃないでしょうか」

「異常《アブノーマル》……じゃ……ありません」

頑《かたく》なに老神父は白髪の頭をふって、

「あなたはただ現代の人間なだけなのです」

「現代の人間とおっしゃいますと」

「神をすっかり失った今の時代の人間ということですよ。神を失ってしまえばね、人間誰でもあなたと同じようになります。あなたと同じような心でもその人たちが普通の生活をしているのは社会の罰がおそろしいからだけです。でもあなたは神を求めていらっしゃるから……」

「このわたくしが」

「ひからびた心に痛みがほしいのは……あなたが神を求めていらっしゃるためでしょう」

「しかし、わたくしの心に痛みを感じない以上、神などやはり、いないのでしょうね。神父さま、わたくしは……これから、もっといやらしい、もっと汚い行為をやるような気がします。ちょうど睡眠薬を日ごとにふやさねば眠れない不眠症の患者みたいに」

「いけません」

神父は手をあげて彼女の自暴自棄になったような言葉を制した。

「あなたは間ちがっています」

彼は今までの柔和な表情を捨てて、きびしい強い眼差《まなざ》しでこの相手を見つめた。

「良心の呵責を求めるために悪を行うよりも心の悦《よろこ》びを得るために善いことをなさい。それが、あなたのひからびた心に救いを与える方法です」

「善いことって何ですか」

「愛です」

「わたくしには愛など起きません。それはもう、神父さま、申しあげました」

「心に起きなくても、やってみるのです。形だけでもやるのです。形がやがて、心を動かします」

半時間後。

若い女医は女子修道院をおりる坂路《さかみち》をひとり歩いていた。すれちがう人には何もわからなかったが、彼女は失望と疲労とをやはり感じていた。あの神父の言うことはよくわかった。だがその答えは別に聴かなくてもよい紋切型の公式的なもののように彼女には思われた。

「心に愛が起きなくても形だけでもやるのです」

と神父はくりかえして言った。そして彼女を建物の出口まで送ってくれて、

「祈っています。必ず路がみつかるでしょう」

とも励ましてくれた。その励ましに女医はいつもの微笑で応《こた》え、礼を言った。

(結局、疲れただけだった)

彼女は乃木坂をのぼった路にみつけた喫茶店でキャフェ・オ・レを注文した。疲れは肉体から来るのではなかった。このどうにもならぬ胸の底から湧《わ》いてくるのである。胸の芯《しん》の芯までその疲れが巣くっている。何をやっても無意味、何を行っても無意味

だという諦《あきら》めが苦い胃液のようにこみあげてくるのだ。

喫茶店を出てタクシーをひろった。自分の部屋に戻る気持もない。と言ってあの退屈な大塚と会う気にもなれない。

彼女は病院の名を運転手に告げた。誰もいない埃だらけの研究室のなかで、一人、考えてみたかったからだ。

車が人影のほとんどない大学病院の玄関に滑りこむまで彼女は放心したように眼をぼんやり、外に向けていた。

「お客さん、テレビによく出る女優ですか」

何を間ちがえたのか、車をとめた時、運転手が不意にたずねた。

「わたくしが？」

いつもの愛くるしい笑顔を装って聞きかえすと、

「そう、あの清純女優。何と言ったけなあ。ど忘れしたけど」

料金を払って、病棟に入る。看護婦室によらないで空虚な廊下を歩く。扉を少しあけた病室から患者の姿がちらりと見える。その端の個室に小林トシが寝ていることを彼女は知っていた。トシは三日前から心臓の容態が悪くなって大部屋から一時的に個室に移されたのだ。

廊下を曲ろうとしたところで、話声が聞えた。

「芳賀さんもやはり、小林さんを殺そうとした人はこの病棟四階の誰かと考えているわけでしょう」

「そうです。それもあなたのような患者じゃない。医者か、看護婦か、とも角、看護婦室に自由に入れる者です」

「賛成だな、その考えは」

彼女は思わず足をとめた。

「でもぼくがそれとなく訊《たず》ねても、反応らしい反応がないんです。女医にも看護婦にも」

「どんな訊《き》き方をしたんです」

そしてその会話は突然やんだ。女医の気配を感じたためだった。

「今日は」

と彼女は笑顔を芳賀と難波とに向けた。

「今日は。……先生は日曜出勤ですか」

「ええ。研究室に用があって」

「勉強家だなあ」

向うも何げないふりをし、こちらもさりげなく二人の横を通って研究室の鍵穴《かぎあな》に鍵をさしこんだ。

あの二人がこそこそと小林トシの事件を探っているのは看護婦室でも話題になっていた。

だからと言って別に不安も何も感じない。自分は何にも直接、関係はしていないのだ。関係をしていないから罪にとわれることは絶対にない。

椅子《いす》に腰をおろし、彼女は退屈だった。物憂かった。空虚だった。何かをせねばならなかった。

探　偵

もし、感動しなくなった心に人間的な感情をとり戻したいのなら、罪の呵責などではなく、むしろ良心の満足と平安を求めなさいと神父は言った。その言葉を思い出しながら女医はしばらく研究室の椅子に腰かけ、眼をつむっていた。とは言え、すべてがけだるく、空虚だった。

廊下に出た。さきほどその廊下の隅で何か話しあっていた難波と芳賀との姿はもう見えない。エレベーターに向って歩きながら女医はまた小林トシの病室の前を通りかかった。

安静時間で廊下には人影がない。病室の扉が少しあいている。

その扉を軽く押して中を覗《のぞ》くと、小林トシは細い手を病院貸与のすりきれた毛布の外に出して点滴注射を受けていた。

気配に小林トシはうす眼をぼんやりとあけた。そして自分を見おろしている若い女医が誰か、まだ判別できぬらしく眼やにの溜った眼をパチパチとさせた。

猿のように小さく、猿のように醜いその顔。入れ歯をはずしているので口のまわりに皺《しわ》がより涎《よだれ》が少したれている。体が不自由なので彼女のすべての世話を看護婦たちがやらねばならない。恢復《かいふく》の見込みはないが、と言って今日、明日に死ぬのでもない。

(ラスコリニコフが殺した老婆《ろうば》と同じような存在だ)

と女医はこの顔を見おろしながら瞬間、そう感じた。

『罪と罰』の主人公ラスコリニコフが殺した老婆は社会にも他人にもまったく無益な存在だった。だが今、眼の前にいる小林トシは社会や他人に無益どころか、率直に言えば迷惑な存在である。彼女が生きているために看護婦たちは疲れた時も世話をしなければならぬし、医者も無意味と知りつつ治療を続けねばならない。死んでくれたほうが、どんなに皆のために有難いかわからない。彼女をなぜ早く死なせてやらないのだろう。

「小林さん」

女医は無表情な顔でたずねた。

「気分はどうですか。何かしてもらいたいことがある?」

すると、老婆の入れ歯をはずした口が芋虫のようにゆるゆると動いて、

「お……じっ……ご」

と答えた。

「おじっご……ああ、おしっこをしたいの」

わたくしは今、この歯のない口に枕《まくら》を押しあてることができる。枕を押しあてて体を少し押えつければ、彼女は窒息死する。そしてこの病棟の医者も看護婦も助かるのだ。その想念が一瞬、女医の頭を走った。トシがふたたび哀願した。

「お……じっご」

神父は良心の呵責ではなく人を助ける悦びを求めるのが乾ききった心に光明を与える道だと言った。だが心の満足とか心の悦びとは何だろう。良心の満足とは何だろう。

女医はベッドの下によごれた溲瓶《しびん》が古新聞にくるまって置いてあるのに気がついた。その溲瓶を引きずり出して毛布のなかに入れ、小林トシの瘦《や》せほそった腿《もも》と腿との間にあてがった。陰毛が女医の手にふれた。

「さあ、おやりなさい。おしっこを」

トシは満足そうに薄眼をあけて放尿しはじめた。かすかな音。手に持った溲瓶がなま温かくなっていく……。

「紙は、どこ」

トシは首をふった。女医はベッドの下を覗いてトイレット・ペーパーを手にとり股《また》をふいてやった。手が少しよごれた。

「ほかに何か用は？　小林さん」

「こじが、いだい」

「腰が痛いの？　長く寝ていたためね」

手を入れて肉の落ちた尻《しり》をさすってやる。老婆は気持がいいのか、薄眼をあけ女医をじっと見ている。

これが人を助ける悦びか。これが善い行為か。女医はこみあげてくる白けた、うつろな感情をどうしようもなく味わった。よごれた窓から午後の陽がさし、病棟は静かだ。悪が空虚なように、良心の満足も何と退屈で白々しいものだろう。

「ねえ、小林さん、わたくしは……あなたを殺せるのよ」

腰をもみながら彼女は老婆の満足げな顔に囁《ささや》いた。ひくい声で、しかし、真剣に囁いた。

「殺そうと思えばあなたを殺せるのよ。どう？　殺してあげましょうか」

この満足げな醜い顔に急に恐怖が走った。

扉があいた。

「ああ」

看護婦の声がした。

「先生が……腰をもんでいたんですか。まあ……おシッコもとってくださって」

「いいのよ。偶然、ここを覗いたら、おシッコって頼まれたもんだから」

女医の顔に愛くるしい微笑が素早く浮んだ。この病院のすべての人間がそのためにだまされているあの無邪気な魅力的な微笑だった……。

「おばあちゃん、よかったね」

と看護婦は、

「先生にもんでもらって」

「じゃ、あと、お願いするわ。この溲瓶はわたくしが捨ててきますから」

「すみません。点滴をはずしておきます」

女医は溲瓶を持って廊下に出た。その廊下に難波が偶然たっていて、彼女と溲瓶とをふしぎそうに見くらべ、

「やるなあ」

と彼は感激したように呟《つぶや》いた。


「どうします。手術をしますか、しませんか」

回診の日、吉田講師はじれったそうに難波にたずねた。

「もう一カ月だけ待ってください」

難波は講師とそのうしろに立っている女医たちを見あげながら、

「一カ月たって、ぼくの空洞が相変らず変らないようでしたら手術します。だから一カ月待ってください」

「そうですか」

吉田講師はあわれむように彼を眺め、

「そこまで言うなら、仕方ないでしょう。早く切っちゃえば、早く退院できるのにねえ」

捨て台詞《ぜりふ》のようにそう言い残して畠山老人のベッドのほうに歩いていった。

大部屋四人の診察が終って医者たちが部屋を出ていくと稲垣が声をかけた。

「ごてたね」

「そりゃそうです。切られる身にとっては一生の一大事ですから」

しかし毛布を胸までずりあげた難波の頭を占めたのは、手術のことではなく、所用をかねて外出した芳賀が何を発見して戻るかと言うことだった。

昨日、日曜日、廊下で好奇心の強い二人は退屈まぎれに色々と雑談をした揚句、ひとつの結論に達した。皆は気づかないが、この病棟にはどこか気味の悪いものがある。例の点滴の事件もそうだが、

「それより、ぼくは病院に戻ってこない加能純吉さんのことが気になるんです。加能さんは何か知っていたんじゃないかなあ」

と難波が思いだしたように言うと、芳賀もうなずいて、

「ひとつ、明日でも加能さんの家に寄って訊ねてみようかしらん。ちょうど親爺《おやじ》のために買物もありますし……」

「是非、そうしてください。でも芳賀さんも相当な物好きですね。俺も好奇心の強いほうだけど」

と難波は笑った。芳賀は一寸《ちょっと》むっとした顔で、

「いや、ぼくは野次馬根性だけじゃない。うまく説明できないんだけれどね……実はこの間の池で女の子が溺《おぼ》れかかった出来事も点滴事件も一見、何でもない過失みたいに見えるけれども、実は過失ではなくて誰かがそっと企てた出来事のような気がしてきたんです。それも一寸した悪戯《いたずら》とか悪ふざけとかではなくて、かなり真剣な小手調べだと思っている」

「小手調べ？」

「ええ、だからその人物は小手調べが終ったら、何か大きな悪を行うような予感さえ感じますね」

「しかし何のためにそんなことをするんです」

「そこが一向にぼくにわからない。とに角、加能純吉さんから何かを探れるかもしれないから明日でも訪ねてきますよ」

その会話を思い出しながら難波は午後の安静時間を眠らずにすごした。

だが安静時間がすんでも芳賀は戻ってこなかった。いらいらしていると、ちょうど

夕食の配膳《はいぜん》がそろそろはじまり出した頃、彼が買物の包みをかかえてエレベーターをおりてくる姿が見えた。

「あとで、すぐ行きます」

廊下で出迎えた難波をチラリと見て、芳賀は父親の病室に姿を消した。すぐに話をしてくれないのが何か勿体《もったい》ぶっているようであり、また何か重大なことを嗅《か》ぎつけてきたようでもあった。

仕方なしにアルミ盆にのったドンブリ飯やナマリの煮魚をたべ終って茶をすすっていると、やっと彼が扉のかげから顔を出して、

「よかったら下へ行きませんか」

と誘った。

下というのは夕方になるとガランとする外来の待合室である。時々、ガウンを着た患者が煙草《たばこ》をすいにくるほか、誰もあらわれない。

二人はそこに並べてある長椅子に腰をかけて、

「加能さんの娘さんに会えましたか」

「ええ。娘さんにも加能さん自身にも会えました。加能さんはこの病院をひどく嫌っていました」

と芳賀は自分も煙草に火をつけながら、

「嫌っていた？　なぜです」

「この病院にいるとこわくて仕方がないって……」

「こわいとはどう言う意味です」

「それがふしぎな話なんです」

と芳賀は煙草の火口をながめながら、

「加能さんはね、気管支瘻《ろう》という難病でここに入院していたんですが、病気が治らぬため一時、かなりのノイローゼになって、その治療も受けていたそうです。このことは大事ですから、よく憶《おぼ》えてくださいよ」

「なぜですか」

「それはノイローゼにかかった人には往々にして幻覚や幻聴がありますからね。彼の言うことがすべて本当で正しいと初めから、きめられないと言うことです」

芳賀は慎重な口ぶりだった。

「それで？」

「それで加能さんはふしぎな話をしてくれたんです。彼はノイローゼになって軽い睡眠療法や催眠療法を受けたのですが、その時から何かに操られているという気持にいつもなったのだそうです」

「操られている？」

「ええ、ある声が聞えると、その声の命ずるままに言いなりになってしまうということですよ」

声がきこえる、言いなりになってしまう。一体なんだろう。難波は狐《きつね》に闇夜《やみよ》で鼻をつままれたような顔をして、

「何のことですか。それは」

と訊ねてしまった。芳賀も苦笑をして、

「ええ。ぼくもこの人、何を言いだすんだろうと思って、言いなりになるって、どんな風に言いなりになるのかと聞きましたら、たとえば広い部屋で素っ裸にされて這《は》いまわっていたとか、屋上に連れて行かれて、その屋上のふちに立たされたとか……何だかわけのわからぬことを話すのです」

「誰がそんなことをさせたんです」

「それが加能純吉さんにもよくわからないらしいんです。命令している人の姿は見えず、ただ命令の声だけが聞え、その声にはどうしても従わざるをえないんだそうで……ただ、そうした行為のあと、いつも女の嗤《わら》い声を聞いたというんです」

「嗤い声を」

「ええ……それが今、思うとこの病棟にいた女医さんの誰かの声のような気がするがそれも名前を言えるほど、はっきりしないって」

「芳賀さん」

たまりかねて難波は、

「すみませんがね、ぼくにはその話さっぱり理解できないんです。あなたにはわかったんですか」

「いや。初めはぼくにも何のことやら雲をつかむ気持でした。しかし、加能さんは別に嘘《うそ》、出鱈目《でたらめ》を口にしている気配もない。当人には本当だし、娘さんも彼が病院にいるのがこわいと何時《いつ》も言っていたと話していました。それで帰り道に考え、考え、歩いていたんですが、ふと気づいたんです」

芳賀はほとんど口をつけなかった煙草をアルミの灰皿にもみ消した。

「つまり彼は女医の一人から催眠術にかけられたのではないかと……」

「催眠術？」

「ぼくはね。むかし近所の大学生で催眠術にこっている男がいて、この術の話も聞いたし、一寸かけられたこともあります。かけられた時は相手の言いなりになって、美しい花が眼の前にあるといわれると、その花がはっきり見えたり、いい匂《にお》いがすると暗示されると本当に香水のような匂いを嗅いだりしたのですが……その折も声ははっきり聞えても、顔はみえなかった。加能さんもひょっとするとたびたび催眠術にかけられていたのではないかしらん。事実、ノイローゼの療法で催眠療法も受けたそうですから」

「女医がかけたんですか」

「さあ、それには確たる証拠はない。しかし彼には女の高い嗤い声が聞えたと言ってましたからね」

「女医たちに催眠術はかけられるんですか」

「医学生ならみな、練習させられますよ。ひと通りはできるでしょう」

難波は女医が加能という病んだ老人に催眠術をかけて彼を玩具《おもちゃ》にして弄《もてあそ》んでいる場面を想像した。

その想像を見破ったように芳賀は、

「おそらく加能さんは催眠術のなかで、ぼくが花を見ていると錯覚させられたように、真裸にさせられたり、屋上のふちを歩かされて恐怖を味わせられたり、色々な目に会わされたのでしょう。そしてそんな恰好《かっこう》をしている加能さんを見て、その女は声をたてて笑ったのでしょう」

「でも……」

難波の声は上ずっていた。

「なぜ、そんな薄気味わるいことを……」

「わからん」

と芳賀は首をふった。

「だから怖《おそ》ろしいんです。難波さん。これは怖ろしいですよ、本当に。いわゆる新聞などに出る犯罪よりも、もっと気持の悪い怖ろしい悪ですよ」

軽井沢

碓氷《うすい》バイパスの最後のカーブが終ると、そこからは下り坂だった。眼下に広々とした軽井沢高原がひろがっていた。

色とりどりの別荘が人工湖をかこみ、ゴルフ場が林や丘陵の間を縫い、そしてそれらに割れた雲の隙間《すきま》から午後の鈍い陽がさしていた。

「軽井沢はね、子供の頃から遊んでいますからぼくにとって第二の故郷《ハイマート》のようなものですよ」

大塚はポルシェのギヤを入れかえながら例によって幼稚な虚栄心まる出しの言葉を口にした。

「そりゃ、昔の軽井沢は本当に良かった。本当にエリートだけの別荘地だったんですがね。今は猫も杓子《しゃくし》も軽井沢、軽井沢でしょう。雰囲気が実に悪くなりましたよ」

車が林のなかをぬけ軽井沢プリンス・ホテルに滑りこむと、玩具の兵隊のような制服を着たボーイが玄関から走ってきた。

「よォ」

フロントで大塚は片手をあげて係員に、

「また来たよ。どうだい、元気？」

女医の前で箱根のホテルと同様自分が顔だと言うところを示そうとしたがフロントは、

「申しわけございません。失礼ですが……どなたさまでしたでしょうか」

と当惑した顔をみせた。

ロビーにゴルフ客たちの群がバッグをかかえて集まっていた。なるほど彼等やロビーの売店で買物をしている女客たちは大塚の言う「猫も杓子も」のような顔をしている。

大塚はフロントで失った面目をとりかえすためか、そのロビーの客たちのなかからいち早く一人の中年の男をみつけ、女医に素早く囁いた。

「あの男、御存知ですか。小説家の宮島ですよ」

女医は今、売店の横をぬけてすぐそばのバーに入っていくスポーツ・シャツに赤いカーディガンを着た男に眼をやった。

「宮島さんの御本、読んだことありますわ」

「御紹介しましょうか」

「御存知なの」

「知ってますよ。彼も私も銀座育ちで共に泰明小学校を卒業しましたからね」

宮島の小説は学生の頃、三、四冊、読んだことがある。一見、インテリっぽいオブラートで包んでいるようにみえるが、中味は若い女の読者の悦びそうな甘い感傷を適当に織りこんだ当世風な恋愛小説で女医は内心馬鹿《ばか》にしていた。だから同じホテルで出くわしたからと言って、わざわざ紹介してもらいたいとは少しも考えはしなかった。

だが大塚のほうは彼女が宮島に会いたがっていると錯覚したらしく、その体を押す

ようにしてホテルのバーに入った。そして隅に腰をかけて白っぽいペルノーを入れたコップを手にもった宮島に、

「ひ、さ、し、ぶ、り」

といささか狎々《なれなれ》しく声をかけた。

と、宮島の顔に——女医は週刊誌のゴシップ欄でこの小説家が銀座のホステスからもてるという記事を読んだことがある。しかしはじめて直接にみる彼は意外と背もひくく、眼じりがたれていてその小説と同じようにだらしない、甘ったるい顔をしていた——一瞬、不快な色が走った。

そこには自分が軽蔑《けいべつ》している男に急に狎々しく声をかけられた時の不快があきらかに読みとれたが、大塚は一向に気づかず、得意そうにうしろに立っている女医を紹介した。

「横に坐っていい？」

「どうぞ。どうせ一人なんだから」

一人なんだからと言う口調に特別、力を入れて宮島は女医をチラと見た。

女の本能で彼女はこの小説家が自分に好奇心を抱いた、と思った。そしてまた同時にこういう男は大塚と同じように自分の頭のよさなどを何とかして女に示したがるツ

マらぬ男の一人だとすぐ気づいた。

「君はいつも分にすぎた女性を同伴しているね」

と宮島はわざと女医を無視して大塚をからかった。

「きつい冗談だな」大塚は一寸、狼狽《ろうばい》して、「分にすぎた女性のお供をしたのは今日がはじめてさ。この人は……女医なんだ」

「女医？」

小説家は一寸、驚いた表情をみせたが、

「それはちょうど良かった。ぼくはね、今、女性を主人公にした週刊誌の小説を書こうとしていたんですよ。その女主人公を女医にしてみたいと考えていたのです」

と笑顔を彼女に向けた。大塚が、

「どんな主人公だい」

と訊ねると、その大塚を黙殺したように女医だけに顔をむけて、

「あたらしい型の女を書きたいんです。近頃、翔《と》んでいる女なんて言うでしょう。でもそんな女性を考えてみれば、当然、今の世のなかには出現しなければならない筈《はず》で、時代を先どりするあたらしい女性とは言えないと思うんです」

「じゃ先生のお書きになるあたらしい女性ってどういう女性でしょうか」

女医がそう儀礼的に質問すると、宮島のたれ眼に得意そうな微笑がうかんだ。彼は自分のこう言った言葉が彼を知的な作家と思わせ、女子学生などの人気を維持するのをよく知っていたのである。

「つまり翔んでいる女なんてせいぜい現在の既成道徳の三十パーセントぐらいしか破壊しないと思うんです。そして意外と底には古くさいものがあるような気がします。でもぼくの書きたい女は社会道徳なんてまったく関心のない女なんです。彼女はこの世に追われる前のイブと考えてくださって結構です」

「イブとおっしゃると、あのアダムとイブのイブ……」

「ええ、そうです」

ペルノーを飲みほした宮島が自分のあたらしい小説を語りはじめようとした時、ボーイが酒場に入ってきて大塚のそばに寄った。

「お荷物はお部屋に運びました。鍵《かぎ》を持って参りました」

「お話中だがね」

大塚は宮島に体をむけて、

「ぼくたちは一寸失礼するよ。東京から六時間もハンドルを握っていたから埃《ほこり》だらけの顔と体を洗いたいんでね」

椅子から立ちあがり、女医に眼くばせをした。女医は手を膝《ひざ》においたまま、

「いいえ。わたくし、ここで大塚さんを待っていますわ」

とつめたく大塚を見て答えた。

「どうして？　シャワーを浴びないんですか」

「シャワーより、今は宮島さんのお話うかがっているほうが面白いから……」

大塚の顔が屈辱で傷つけられて少し歪《ゆが》み、宮島のほうは嬉《うれ》しさを無理矢理のみこんで歯をかみしめた。

「じゃあ、勝手にさせて頂くか」

虚勢をはりながら大塚は酒場を出ていった。

「どうしてここにお残りになったんですか」

彼の姿が消えると小説家はわざとふしぎそうに訊ねた。しかしこの男の得意な心底もまる見えだった。

「だって……大塚さんて退屈なんですもの」

女医はわざとあの笑くぼを頰にうかべて悪戯っぽく笑ってみせた。

「でしょうな」宮島はうなずいた。「しかし、そうハッキリ言っちゃあ彼に酷だ。我慢なさい」

そう言うあなたも退屈な男ですのよ、と女医は心のなかで答えた。でも今晩、その退屈をまぎらわせるため、あなたと大塚さんとをからかってみましょうか……。

「それで、そのあたらしい女のお話ですけど、彼女は自分のそんな行動に疲れないんですか」

女医は大塚のことなど、まったく忘れたように質問をした。

「疲れる？　なぜ？　彼女は無道徳者ですからね。何をやっても苦しむことがないんですから」

「でもそんな人間っているでしょうか。社会の道徳を無視したまま生きて、決して疲れない人間なんて想像できませんもの。先生、カミュの『異邦人』をもちろんお読みになったでしょう」

「ええ。読みましたよ。こっちも小説家の端くれだから」

「わたくし文学はわかりませんから勝手な読みかたかもしれませんが、あの主人公だって既成のモラルを無視して生きていた無道徳者なのでしょ」

「まあ、そうです」

「でも結局は彼も疲れたのじゃないのでしょうか。自分の白けきった心に疲れたと言えませんか」

「急にあなたは突拍子もないことを訊くんですね」

と宮島はボーイをよんで自分と彼女のためにドライ・マルチニーを二杯、注文した。

「つまりあなたは要するにPTAの主婦のように既成モラルや世の道徳を無視するような人間は嫌いだとおっしゃるのですか」

とこの流行作家は女医をいかにも馬鹿にしたようにせせら笑った。

「いいえ」と女医はしずかに答えて運ばれてきたマルチニーを唇にあてた。「別に嫌いじゃありません」

「ではあなたも常識的なモラルは無視することに賛成ですか」

「賛成かどうかわかりません。でも自分では……今まで無道徳に生きてきたつもりですけど……」

宮島は酔いがまわりはじめた眼で、じっと彼女を凝視した。

「妙な人だな、あなたは。そんなあなたがなぜ大塚みたいな俗物の恋人なんですか」

「別に……恋人じゃ、ございません」

「はあ……でも、大塚と今晩、このホテルの同じ部屋で結局はお泊りになるんでしょう?」

「ええ。お誘いを受けましたなら」

「お誘いを受けたなら……じゃあ、もしこのぼくがお誘いしたら、ぼくの部屋に泊ってくださるのですか。いや、失礼。もちろん冗談です」

彼女は笑くぼをうかべたまま上眼づかいに宮島をじっと見あげた。そしてこの小説家が意外にも自分の熱っぽい視線にドギマギとして眼をそらせるのを楽しみながら、

「はい。御一緒になっても一向かまいませんわ」

「本当ですか」

宮島の声は急にかすれはじめた。

「信じられぬ話だな、これは。でも大塚が怒るでしょうな」

「それは先生と大塚さんの問題でしょ。彼を説得なさればおよろしいわ」

彼女の謎《なぞ》のような微笑はその頰から消えてはいなかった。宮島はびっくりしたように黙ったが、彼女が、

「おできになれます？」

と挑むように言うと、

「できますよ、そのくらい」

と虚勢を張った。

大塚がふたたび酒場に現われた。二人がとり交していた会話の内容にまったく気づかぬ彼は、

「一風呂《ふろ》あびてさっぱりしたよ。さあ、食堂に行きましょうか」

と女医を促した。

「色々とお話、有難うございました」

と頭をさげた彼女に宮島はわからぬよう眼くばせをした。その眼くばせはあとで連絡をとるという意味だった。

ゴルフ場に面した広い食堂で大塚はナイフとフォークを動かしながら、

「少し、あいつ、近頃、自惚《うぬぼ》れているようだな、自分が流行作家だと思って」

といまいましげに宮島の悪口を言った。

「でも……頭のきれる方だわ」

「へえ、そう思いますか。ぼくは一向に感じないけど。ま、女から見るとシャープな男に見えるんでしょうねえ。女性にもてる作家ほどくだらぬ作家はないとたしか三島由紀夫が言っていましたが……」

女医はいつもの微笑を頰に浮べたまま、大塚の言葉に賛成もせず、逆らいもせず、

食事を終った。

カウンターで大塚が伝票にサインをするため背をこちらに向けている時、一人のボーイが急に女医のそばに寄って、

「宮島先生からのメッセージでございます」

と口早に囁くと一枚の紙をわたした。

「ぼくの部屋とは別に二四五号室をあなたのためにとっておきました。鍵はフロントにあずけてあります。ぼくもその部屋にうかがいます」

メッセージの紙を彼女はチョコレートの銀紙を丸めるように丸めてポケットに入れた。

サインをすませた大塚はこれらのことにまったく気がつかず彼女を伴って二階にのぼった。二人の部屋は箱根の時と同じように隣りあわせになっていた。

「よかったら、ぼくの部屋でブランデーをやりながらテレビでも見ませんか」

と廊下を歩きながら彼は女医を誘った。

「ええ、伺うわ。十分ぐらいしたら」

部屋に入った大塚は車から持ってきたブランデーの瓶をおきコップを二つならべた。

そしてベッド・スタンドのおいてある台の附属ラジオでひくく音楽をながした。

窓の外は月の光が白く、落葉松《からまつ》の梢《こずえ》がくろぐろと浮びあがっていた。

十分はおろか半時間も待ったが彼女の姿は見えなかった。この前の時と同じようにシャワーをあびながら部屋を覗《のぞ》かせてくれるのではないかと大塚は期待して廊下に出た。

だが隣室の扉はかたく閉じていて、いくらノックをしても返事はなかった。仕方なく自分の部屋から電話をかけてみたが、コール音だけ空《むな》しく鳴りつづけるだけである。

(どうしたんだ)

大塚は当然、彼女が宮島に誘われてまた酒場で話を続けているのではないかと思った。と彼の胸は屈辱感と嫉妬《しっと》とで息ぐるしいほど苦しくなった。

酒場におりてみた。だがその酒場にはさきほどのゴルフ客らしい連中が水割りを飲みながら大声をあげて談笑していたが宮島と彼女の姿は見えなかった。

あとは宮島の部屋にいるか、二人でどこかに散歩しているかしかない。フロントから宮島に電話をかけさせたが、

「御不在です」

とさっきの係員がひややかに言った。

女医と宮島とはその時、二四五号室にいた。二人はだきあってキスをしていた。宮

島は陶酔していたが、女医のほうは眼を大きくひらいて男のキスをしている間のぬけた顔をじっと見つめていた。

続　軽井沢

落葉松林のなかで悲鳴のような一声が聞えた。眼をさました鳥の鳴き声だった。

「大塚君は今頃、かっかとしているでしょうような」

宮島はうす笑いを浮べて、ルーム・サービスから取りよせた氷をコップに放りこんだ。彼の持ったコップのなかで氷がその優越感を示すように音をたてた。

「いいんですか、本当に、彼を放っておいて」

「いけないいなら、なぜ、この部屋をおとりになりましたの？」

女医も琥珀色《こはくいろ》の液体のはいったコップを両手でかかえこむようにして、上眼遣いに小説家をみあげた。

「それは……」宮島は酒で勢いをつけて、「君に興味を持ったからです。その上、大塚をからかいたくなった。どうもあの男の俗物性をみると、いつも、苛《いじ》めたくなります。あなたもそうじゃ、ないんですか」

「いいえ。わたくしはただ、先生にもっと話を伺いたかったんです」

「どんな話を」

「先生には罪悪感ってありますか」

「また、その問題ですか」

小説家は一寸《ちょっと》、辟易《へきえき》したように苦笑して、この女を感心させるような答えかたを心のなかで探し、

「正直申しますとぼくには自分の作品に役立つことがすべて善なのです」

「じゃあ、先生。作品のために深く他人を傷つけてもあまりお苦しみになりませんの」

「その作品がそれに価するような出来ばえならばね。あなただって病人が全快するために痛い手術を行っても、悪いことをしたとは思わないでしょう？　それと同じですよ」

それから彼はじっと女医の眼をみて、

「あなたのほうはどうです。罪悪感はないんですか」

「ええ。ない、と思います」

「威張っているだけでしょう。近頃の若い女性はそういう考えかたをするのを現代的だと思っているらしいから」

「現代的か、どうか、わかりませんけれど……本当にわたくし、そうなんです」

「じゃあ、ここでぼくに抱かれても、大塚君にすまないとはお思いになりませんか」

「別に……」

彼女は急に退屈したようにコップを机におくと、椅子から立ちあがって窓のそばに寄った。窓の向うはいつか彼女が大塚と箱根に行った時のように黒色に塗りつぶされていた。

「では、ここで泊っていらっしゃい」

「泊る前に」

と女医は急に思いついたように悪戯っぽく笑った。笑くぼがその顔をいかにも無邪気に子供っぽくさえ見せた。

「先生、わたくしの言うことも聞いてくださいます?」

「言うことを? ああ、いいですよ」

「一寸した遊びですけど」

「遊び? まだ少女だな、君も」

と宮島は鷹揚《おうよう》に煙草の煙を天井にむけて吹きあげた。

「じゃあ」と女医は言った。「両手を、前に出してください。小学校の時の、前へならえ、のように」

「馬鹿々々しい。なんのため、そんなことをするんです」

「言うこと聞くと、今、おっしゃったでしょ……おやりなさい」

宮島はびっくりしたように女医の顔を凝視した。彼女の顔からはもう無邪気な笑くぼは消え、声にはきびしい命令的なものがあった。

小説家は言われるままに両手を前にさしだした。

「右手と左手との間の真中の一点をじっと見つめなさい」

いつの間にか背後にまわった彼女は宮島の肩に手をおいて、患者に指示を与える時のように命じた。

「すると両手が少しずつ、よってきます。少しずつ」

宮島は心の半分で何を、と思いながら、しかしあとの半分では彼女の言うままに行為してみようという好奇心にかられて、両手の間をじっと凝視した。

少しずつ、頭が痺《しび》れるような感じがしてくる。

「少しずつ、両手が寄ってきます。わたくしの言う通りによってきます」

宮島の右手と左手がかすかに震えて、じりじりと近よりはじめた。ふしぎだと思うが、手はまるで彼とは関係がないもののように動いていく。

「肩の力をぬいてごらんなさい。その肩も動きます」

女医の声ははっきりと聞える。しかし彼の体はその声に反抗することができない。ふかい海のなかにいて、自分の肉体がけだるく動かされている感じだ。

女医は部屋を薄暗くした。薄暗いその部屋のなかで、宮島ががっくりと首をうなだれて椅子に腰かけていた。

「眼を強くつぶってください。すると赤いものが見えてくる筈です。赤いものが見えたら右手をかすかに動かしなさい」

俺は今、催眠術にかけられていると宮島は気づいた。そう気づいたが、どうにもならない。すべて彼女に言われるままに行動することも彼にはわかっていた。

赤いものがつむった眼のなかで見えた。

「そう……その赤いものは炎です。この部屋はあつくなってきました。非常にあつくなってきました」

暑い。息ぐるしいほど暑い。宮島は自分の額に汗がにじむのを感じた。

「カーディガンをとりましょう。そしてそのスポーツ・シャツもぬぎましょう」

鈍く手を動かしながら宮島は着ていたカーディガンをぬぎはじめた。女医は微笑しながらそれを手伝った。スポーツ・シャツをとると彼は上半身、裸になった。

「ズボンもとりましょう。こんなに部屋があついのですから」

やがて小説家はブリーフ一枚の姿にさせられた。そして椅子からカーペットの上に坐らされた。

微笑しながら女医はそのあわれな姿をじっとみつめていた。宮島の恰好はまるで処刑を待つためにうしろ手に縛られ、首を前にのばしている囚人のようだった。

「そのままで、じっとしていらっしゃい」

彼女は足音をしのばせて部屋を出た……。


不貞腐《ふてくさ》れた大塚はもう一時間前からブランデーをあおっていた。

(あんな女とは……もう別れよう)

と彼は自分に言いきかせた。

(あいつは魔女だ。このまま、交際を続けていたら、こちらが苦しむだけだ)

その時、彼はかすかなチャイムの音をきいた。誰かが廊下に立っているのだった。

「だれ?」

開けるもんか、そう思いながら大塚の手はもうノブをまわしていた。

「わたくし」

「ごめんなさい。こんなに遅くなって」

「今まで、あいつと居たのか」

大塚は恨みのこもった声でたずねた。

「ええ、でもあの人にはあきたわ」

「ぼくは……本気にして、じっと待っていた……」

「だから戻ってきてあげたじゃないの、お土産を作って……」

「お土産?」

「ええ。あなた、カメラを持っていらしたわね」

「持ってきた」

と大塚は不審そうに、

「カメラがいるのか」

「ええ。ストロボを使って、うつして頂きたいものがあるの」

さきほどの怒りも恨みも女医の無邪気な笑顔の前には氷のように溶けて消滅してい

た。彼は両親とハイキングに出かける子供のように嬉々《きき》として鞄《かばん》のなかから、ニコンのカメラをとりだした。

「何を撮るんだ。こんな時刻に」

「ついていらっしゃい」

女医は先に立って廊下を歩いていった。そして一つの部屋の前に立った。

「ここにいる人物を撮って頂戴《ちょうだい》」

その笑顔があまりに屈託がないので大塚は何も疑わず部屋のなかに足を踏み入れた。彼は見た。灰色のカーペットの上に貧弱な裸体をさらし、首うなだれて坐っている宮島を。

「撮って頂戴」

「一体、どうしたんだ、これは」

「わたくしの……催眠術」

女医は勝ちほこったように答えた。

「宮島さんはわたくしの言う通りになるわ……見ててごらんなさい。わたくし、医学生の時から催眠術だけは得意だったんですもの」

彼女は宮島のうしろにまわり、その肩に指をふれた。

「宮島さん。もっと深い催眠状態に入るのよ。底のない井戸に落ちていくように深い深い催眠状態に入っていくのよ」

まわりは静寂で女医の声だけがひくかった。大塚はただ茫然《ぼうぜん》として彼女のひくい声を聞いていた。

「あなたは犬になります。だんだん犬になっていきます。四つ這《ば》いになって、そこらを這いまわるでしょう」

宮島の体がのろのろと動き、両手を床についた。

「ワンと吠《ほ》えてごらんなさい」

アンともワンとも区別できぬ醜い声が男の口から洩《も》れた時、女医は、

「大塚さん、早くカメラで撮って」

「もうたくさんだ」

大塚は半分、泣きだしたように叫んだ。

「なんのために、こんな馬鹿げたことをするんだ」

「わたくし、あなたのために仕返しをしてあげたのよ」

「仕返し?」

「そう。宮島さんはわたくしにこう言ったんですもの。大塚の俗物性は我慢できない、

時々、彼をいじめたくなるって。だからわたくし、あなたに代って彼に仕返しをしてあげたのに……」

相手の心の動きをじっと計るように彼女は微笑しながらそう弁解をした。

大塚は蒼白《そうはく》な顔で小説家の裸体を見つめていた。そしてカメラをとりあげると狂ったようにシャッターを切りはじめた。

写真を撮り終えたのを見届けると女医は小説家にスポーツ・シャツとカーディガンを着させ、ズボンをはかせた。それから覚醒《かくせい》にかかった。

「わたくしが五つ、数えたら、宮島さん、あなたは気持よく眼をさますわ。そして催眠中にあったことはすっかり忘れているのよ。よいこと。五つ数えたら、あなたは催眠中にあったことはすべて忘れ、気持よく眼をさますのよ……」

一つ、二つ、三つ、四つ、ゆっくりと間をおきながら、そこまで数えると女医は強い声で、

「五つ」

と叫んだ。そして宮島の肩を叩《たた》いた。

眼をあけた宮島はキョトンとしてふしぎそうに部屋を見まわした。その意識が女医や大塚の存在を捉《とら》えるまで、しばらく時間がかかった。

「酔って眠ったのかな」

と彼は馬鹿のような顔をしてひとりごとを呟《つぶや》いた。女医は首をふって、

「眠っていらっしゃったのじゃないんです。催眠術にかかったんです」

「ぼくが……」

「ええ、いい気持だったでしょう」

「何もわからんが……大塚君、君も来ていたのか」

「ええ」

大塚にかわって女医が答えた。

「催眠術にかかっている宮島さんの姿を彼に撮ってもらったんです。宮島さんが犬みたいな恰好をしていらっしゃったのを」

宮島が仰天して大塚を見ると、大塚は眼をそらせた。

「本当か。大塚君」

「本当ですわ。そのカメラのフィルムを現像すればわかりますもの」

「どうして、そんなことをする」

宮島は怒りのあまり体を震わせながら、

「大塚君、そのフィルムをくれたまえ」

「いやだね、君は俺を俗物だと言ったそうだな。時々俺をいじめたくなると言ったそうだね」

大塚はカメラを奪われまいとして、あとすざりをすると、

「だから、この俺のほうも君をいじめたくなったのだ」

「あなたが……そんな女だとは思わなかった」

小説家は憎しみと怒りとをこめた視線を女医にむけた。

「なぜ、あなたまでぼくを侮辱したんです」

「それは……君が俗物のくせに俗物でないふりをしているからさ」

今度は大塚が彼女のかわりにわめいた。

「大体、日本の小説家は口と心とが違う。日本の小説家ほど社会や俗人を軽蔑しながら俗物根性を持った連中はない。君などはその最たるものだ」

たがいに相争っている二人を見ながら女医はそっと部屋をぬけ出た。廊下には人影はなかった。

疲れを彼女はしみじみと感じた。疲れは肉体的なものではなくて、彼女の魂のなかから苦い胃液のようにこみあげてきていた。自分がやった行為の空しさ、うつろさを誰よりも知っているのは彼女だった。

無人のエレベーターで階下におりた。フロントやロビーには客の姿はなく、ボーイが二人、電気掃除機を動かして掃除をしていた。フロントの奥からタイプを叩く音が聞えるだけだった。

女医はホテルを出てコテッジの散らばっている広い庭を一人、歩いた。どのコテッジもう灯を消して眠っている。落葉松の樹々《きぎ》が陰気な老人のように立っている。

(なんという空しい……)

耳の底でひとつの声が彼女に囁いた。お前は悲しくないのか、と。

悲しいと女医は答えた。こんな心を持ってしまったことは本当に悲しい。

落葉松の林のなかで悲鳴のような声がきこえた。眼をさました鳥の鳴き声だった。

容疑者を絞る

「輪がしぼられてきましたね」

いつものように芳賀と難波とは安静時間のあと、中庭の池のそばで寝ころんでいた。

風が吹き、水面に小さな波が走った。

「看護婦たちは看護学校で催眠術などを習いません。だから加能さんをこわがらせたのは彼女たちではない……病棟の医者なんだ」

「と……四人の女医の誰かと言うわけですか……」

芝生の草を四本むしりとって難波はその先端をじっと見つめた。

先端を見ていると四人の女医の顔が浮んだ。渡来《わたり》、大河内、田上、浅川。女医たちはいずれも親切だった。わざわざ患者を苦しめるとは思えなかった。

「どうも信じられない。それに……」

と難波は四本の草をちぎりながら、

「たとえ、そうだとしてもそんなことをなぜ患者にしたんでしょうね」

「そこですよ。そこがまだよく摑《つか》めない。一体なぜ、こんな事が行われたか、考えれば考えるほど曖昧《あいまい》だ」

芳賀も大きくうなずいて、

「問題を整理してみましょう。まず、この病院のこの池で智慧《ちえ》遅れの女の子が男の子に溺《おぼ》らされかけた。これは横においていいかもしれない。しかし小林トシさんの点滴事件や加能純吉さんの催眠術事件のほうは同一人物の犯行だと思われる節がありますよ。いずれも第三病棟で起っていますからね。結論を急ぐ危険はありますが一人の女医がその背後にいるような気がする。だがなんのためにそんな愚劣な行為をやったのかは、さっぱり、わからない。動機が理解できないんです」

「じゃあ、やはり物好きなぼくらが勝手に騒ぎすぎたんでしょうか。我々も退屈なあまり、勝手に妄想を働かさなかったとは言えませんから」

と難波が気になっていることを白状すると、

「いや、そうは思いませんね」

芳賀は強く首をふった。

「ぼくはこの間も言ったけれど、この三つの出来事になぜか……いやらしい臭《にお》いを感じるんです」

「どういう意味ですか、それは」

「この事件はどれも実際的に犯罪にはなっていません。女の子は助かったし、点滴事件は未遂に終った。加能さんも生きています。だから誰も詮索《せんさく》しない。詮索しないけれど犯罪にならない範囲でそれぞれの人間を弄《もてあそ》んでいるんです。池に落ちた女の子は精薄、小林トシさんは施療《せりょう》患者、加能さんも不治の病人。犯人はそういう落ちこぼれの人をわざわざ選んで、自分の欲望の犠牲者にしたと思いませんか。だからぼくは三つの事件を同じ人間が企てたものだと睨《にら》んでいます」

芳賀は池の向うの一点をじっと凝視しながら自分の考えをまとめようとしていた。

「しかし……」

「難波さんはどんな動機か、と言うのでしょう。まだそいつが摑めない。でも何かわかる気はする」

「どういう風に……」

「これからの世界には、そういう行為が少しずつ増えていきますよ。つまり、金を取ろうとか怨恨《えんこん》を晴らそうとかなどと言うはっきりした動機があるんじゃない。ただ悪をやりたいから、悪をやる。この種の犯罪者には悪は嫌悪《けんお》すべきものでもおぞましいものでもなく、悪には悪なりの美や楽しみがあるんです。ちょうど変態性欲者が我々には吐き気のするような行為に恍惚《こうこつ》とした陶酔感を感じるようなものです」

「ではその犯人――四人の女医の一人もそんな倒錯したことに快感や美をおぼえているんですか」

難波の質問に芳賀は、

「そんな気がします。だからいやらしいんです。いやらしい臭いがするんです」

と答えた。

「その上ね、この犯人はもっとエスカレートしますよ。更に、いまわしいことを考え出すかもしれない」

「殺人ですか」

「さあ、それはわかりません」と芳賀は首をかしげ、「彼女は頭がいいから、しっぽを摑まれるような犯罪はやらないでしょう。しかしその代りにあの三つの事件より以上に汚いことをするかもしれない。難波さん。その前にぼくらは彼女が誰かを見つけなければなりませんね」

その日の夜、例によってまずい食事が終り大部屋では岡本老人と畠山老人が碁石の音をたて、稲垣がテレビを見ている間、難波は頭のうしろに手をまわしながら、この部屋を訪れる女医の一人、一人を考えていた。

快活でボーイッシュな顔だちをしている渡来女医。落ちついて姉のような感じを与える大河内女医。テニスがうまく機敏な浅川女医。親身になって患者の話を聞く田上女医。

四人とも年齢は二十六、七だが医局員として吉田講師の指導を受けながら胸部癌《がん》の研究をやっている。むつかしいことは難波にはわからないが彼女たちは二十日鼠《はつかねずみ》や兎《うさぎ》を使ってあまたの抗癌剤の組みあわせを実験し、そのうち、どれが一番、効果的かを見つけようとしているそうだ。

いずれも顔だちは悪くない。悪くないどころか美人ぞろいだと言ってよい。いかにも現代女性らしくお洒落《しゃれ》で、頭がよさそうだ。そんな彼女たちにあの不潔ないやらしい行為を結びつけることは不可能に近かった。

だが――

「たしかにその四人の一人だと思います」

と芳賀は自信あるもののように断言している。

「放っておくと彼女はもっと非道《ひど》いことをするかもしれませんよ」

だが、どうしてその一人を見つけるのか。芳賀は虎穴《こけつ》に入らずんば虎児を得ずだと言った。そしてその虎穴に入る方法を難波に教えた。

窓の外で救急車のサイレンの音が聞えた。日に三回はそんな音をきく。

虎穴に入らずんば虎児を得ず。

芳賀の奨めに従って、難波は翌日、いつものように回診に来た浅川女医に質問をした。

「先生は催眠術をかけられますか」

一寸びっくりしたように女医は難波を見つめて、

「なんのこと。それ」

「催眠術を勉強されたか、どうか、知りたいんです」

「女子学生の頃、実習でやらされたわ」

「ここの女医先生のなかで誰が催眠術が一番、上手でしょう」

「誰かな。みんな一応できる筈だけど。でも何故《なぜ》、そんな事をきくの」

その問いこそ難波が待っていたものだった。

「それは……ぼくの前にこのベッドにいた加能さんが先生たちの一人に催眠術をかけられて……危ない目に会ったからです」

「催眠術に？　加能さんが」

浅川女医の陽にやけた顔に驚きと衝撃の表情が浮んだ。

「ええ、そして彼は屋上から殺されかけたそうです」

「あなた。変なことを言わないでよ。誰か根も葉もないそんな話をあなたの耳に吹きこんだの」

「加能さん自身がそう言っているんです」

「加能さんが？　あなたは加能さんに会ったんですか」

「いいえ。でも知人に会いに行ってもらいました」

「それで……あなたはそんな話を信じているの」

きっとして浅川女医は難波を睨みつけていた。彼女は本気で怒っているようだった。

「あなたは、わたくしたち医者が患者をそのように扱うと思うんですか」

「思いたくないから訊《たず》ねたんです」

「待ってください。婦長や吉田先生にこのことを話してきますから」

浅川女医は聴診器《ステト》をかたく握りしめると身をひるがえすようにして部屋を出ていった。

だがそれこそ難波が期待していたことだった。浅川女医の口から今の会話は吉田講師や婦長、主任看護婦だけではなく他の三人の女医に伝えられるだろう。四人の女医のうち、問題の一人がどういう反応を示してくるか、それを芳賀も難波も見たかったのだ。反応を一番、示してくる女医が犯人だというのが芳賀の意見だった。

「何を言い争っていたんだい」

向うのベッドから稲垣が声をかけてきた。

「いや、重大なことじゃありません」

重大なことではない。だが危険がある。難波は犯人の女医が場合によっては反撃してくるのを予想していた。だがどんなやり方で仕返しをしてくるのかは見当がつかない。

一時間ほどたつと吉田講師が浅川女医を連れてあらわれた。白衣のポケットに両手を入れたまま、この気の弱い講師は声をひくめて、

「さっき、浅川先生から聞いたんだが……一寸来てくれないか」

同室の三人の患者を気にしながら、研究室に来てほしいと言った。

コの字型の廊下の端に研究室はある。いつか浅川女医にドロップをもらった時、入ったあの薬品の臭気のする部屋で難波は吉田講師と向きあった。

「君は妙な噂《うわさ》をたてているそうだが……」

「ぼくはまだ浅川先生以外には誰にもしゃべっていません」

「しかし根拠のない出鱈目《でたらめ》な話を流してもらっては困りますよ」

古びた椅子《いす》が吉田講師の尻《しり》の下で軋《きし》んだ音をたてた。

「この前は君は看護婦室でのミスを故意だと言いふらしたそうだね。そして今度はうちの女医が患者に催眠術をかけて殺そうとしたなど、とんでもないことを口にする。一体どうかしているんじゃないか、君は」

「どうもしてません。冷静です」

吉田講師は怒りがこみあげてきたらしく、まぶたをピクピクと動かした。

「君がそのような嘘《うそ》を病棟に流すなら、ほかの患者の影響もある、強制退院ということになるが、いいですか」

「強制退院？」

「そうです」

「でも先生、こっちの言うことを本当か嘘か調べもしないで強制退院させるのはひどいですよ。もしそうなら、ぼくだって友人たちに相談して病院と戦います」

難波は思わずカッとして言いかえした。少し狼狽《ろうばい》した吉田講師は、

「別にこっちだって理不尽な要求をしているんじゃない。ただ温和《おとな》しく療養してほしいと頼んでいるんだ」

横をむいてひとり言のように呟いた。

「とに角、調べてください。ぼくの言っている事を」

「頑固な人だな、君も」

「ぼくだって、理由なく、こんなことを口にしません。せめて加能さんに会って話をきいてください」

吉田講師は呆《あき》れたように難波を見ると、

「わかった。しかしこちらも調べるから、君もこの話は誰にも洩らさぬようにしてくれたまえ」

と頼んだ。

四人の女医はそれぞれの椅子に腰をかけて吉田講師の話を聞いていた。

「特別病棟に入院された湧井さんがうちの病院にとっても大事な患者《クランケ》であることは、みなも承知だと思う。レントゲン写真の結果、肺に癌《クレブス》があきらかに見られるので、我々のスタッフが受持つことになりました。そこで大河内君に主治医になってもらうが他の先生たちも充分、その病状には注意してもらいたい」

週に二度は行う担当患者についてのミーティングだった。容態の変化した患者、病状の思わしくない患者を俎上《そじょう》にのせて講師を中心に相談しあうのである。

女医は三人の仲間たちと吉田講師の指さすレントゲンの影《シャッテン》を見つめていた。その影が彼女にあの宮島のブリーフ一枚にさせられたあわれな姿を思いださせた。そしてそれと共に彼を凌辱《りょうじょく》したあとの白けた空虚感をもう一度、彼女に甦《よみがえ》らせた。

「ところで話は別だが……例の難波という学生患者には……皆も本気で相手にしない

でほしい」

と吉田講師は糞真面目《くそまじめ》な顔で皆に命じた。

「向うはこちらを騒がせて悦《よろこ》んでいるとしか思えないから。相手になれば、かえって彼の思う壺《つぼ》だ。少し頭がおかしいのかもしれない」

「一度、神経科の先生にそれとなくテストして頂いたらどうでしょう」

と誰かが冗談半分に言うと、講師はうなずいて、

「そうだな。それも考えている。本当に閉口するよ。あらぬ事をしゃべられて……」

ミーティングが終った。三人の仲間たちはそれぞれ聴診器《ステト》を持って部屋を出ていった。女医が学術雑誌の一冊を出して読みはじめていると吉田講師は、

「次々と頭が痛いよ」

と溜息《ためいき》をついた。

「湧井さんのようなうちの大学には大事な患者《クランケ》を担当させられると、どうしても、皆の注目を受けるからな。治してあたり前。治さなければ、どうしたと言われる」

「手術《オペ》でしょう。いずれは」

「うん。しかし抗癌剤に何を使うかが問題なんだ。患部の位置が手術《オペ》むきでもないし、年齢が年齢だから、放射線と化学療法で叩きたいんだが……どうも今までの抗癌剤で

は効果があがらないらしいんだ。悩んでいる時にあの学生に変な言いがかりをつけられて……参るよ、まったく」

「真面目な話、あの患者は神経科の先生に診察をして頂いたら如何《いかが》でしょう。今後のこともありますし」

「神経科のほうにまわすの、彼を」

「ええ」

と女医はうなずいた。

難波は最初の仕返しをされた

「ねえ」

と浅川女医は珈琲茶碗《コーヒーぢゃわん》にスプーンをかきまわしながら言いにくそうに言った。

「あなたの主治医として忠告させてくださる？　もうこれ以上、つまらぬことに鼻を突っこまずに療養に専念して頂戴。それがあなたのために一番いいことなんですもの」

「それはわかってますが……もう乗りかかった舟なんです。戻るわけにいきません。なにしろ第三病棟にはこれからも怖《おそ》ろしい事が起るかもしれないんです。浅川先生には迷惑でしょうけど、手伝って頂きたいぐらいです」

と難波は小声で答えた。しかし小声で答える必要はなかった。病院地下の喫茶室は今はなぜか、がら空きで二人のヒソヒソ話を盗み聞きする者などいなかったからである。

「安静が結核のあなたに一番、必要なのよ。安静は体だけでなく心にも大事だって知っているでしょう。もし手術をする気がないなら」

「でもあの事を知ってから、安静にしようにも安静にできないですよ。ぼくは」

「あの事って？」

浅川女医はポカンとした顔で訊《き》きかえした。

「もちろん、病棟で起った事件です。小林トシさんの点滴事件、加能純吉さんの逃亡事件」

「あなた、本当にそんな事が誰かのやった事だと信じているの」

「信じています」

「じゃあ、誰がやったかも、知っているの」

難波は微笑した。その質問こそ彼が待ち受けていたものだった。

「知っています」

彼は自信あるようにうなずき、珈琲を一口飲んだ。

もちろん、それはハッタリだった。しかし芳賀がそう答えるように教えてくれたのだ。その答えによって犯人は自信を失い、ボロをだすだろう。

「知っている？　その人は医者」

「そうです。女医の先生です」

「わたしたち」

「ええ、先生たちの一人です」

相手がこちらの罠《わな》にかかってきたのを難波はひそかに楽しんだ。

「だれよ。その人は」

浅川女医の声は少し震えた。その震え声のなかに彼女の動揺がはっきり感じられた。

「それは言えません」

「なぜ」

「まだ早いからです」

「わたくしと思っているんじゃ、ないでしょうね」

「先生じゃないでしょう」

難波はからかうように、

「もっとも、先生に憶《おぼ》えがあるのなら話は別ですが……」

「もういいわ。とに角、もうこれ以上、厄介は起さないでほしいの。それでないと主治医としてわたくしも困った立場に置かれますから。強制退院なんかにされてごらんなさい」

「浅川先生には迷惑はかけませんよ。ぼくが追求するのは一人の女医だけです」

難波はこのハッタリが芳賀の言うように成功することを期待した。「ぼくはその犯人の名を知っている」この一言があとの女医たちに伝われば、必ず犯人は難波にたいして何らかの手を打ってくるだろう。威嚇《いかく》か、脅迫かはわからないが黙って指をくわえている筈《はず》はない、というのが芳賀の考えだった。

「すると、ぼくは加能さんと同じように危険な目に会うでしょうか」

とその時、難波は笑いながら言ったが、正直、多少の不安を感じていた。相手は医者という立場で何でもできる筈だ。

「そうかもしれません。だからイヤならやめてくれていいんです。ほかの方法を考えますから」

と芳賀も真顔でうなずいたが難波はやる気充分だった。その犯人と格闘してみたい気持になったのだ。

浅川女医から二人の会話の内容はたしかに他の三人の女医や吉田講師に伝わったにちがいないのに、反応らしい反応は二、三日の間なにもなかった。難波は自分が医者たちに黙殺されているのを感じがっかりした。回診の時、吉田講師は義務的にレントゲンを見て、

「異常ありませんね」

そう訊ねたきり、もうあの問題についてては無関心だという顔をしている。うしろに並んだ四人の女医たちも吉田講師に命じられているのか、無表情に難波を眺めていた。頭の可笑《おか》しな人間の相手にはならないと言う態度だった。

「駄目ですね。裏目に出た」

と難波は芳賀にそっと報告した。

「向うはこっちを相手にもしませんよ。狂人扱いにしてきた」

「不発弾に終りましたか。でも相手がまったく無傷とは思えませんよ。もうしばらく、

待ってごらんなさい。必ず何か反応をみせてくるから」

「こっちもそれを期待しているんですがね。なんだか無駄なような気がする」

しかし芳賀の予想は当っていた。本当に相手は反撃をくわだててきたのである。

難波が浅川女医に「犯人の名を知っている」と言ってから数日目に彼は突然、猛烈な腹痛に襲われた。腹痛は夕食後一時間ほどから始まり、烈《はげ》しい下痢をした。

浅川女医が飛んできて注射をうってくれた。

「一体、何をたべたの」

「病院の夕食です」

「そのほかには」

「補食は何もたべません。あとはもらった薬を飲んだだけです」

「おかしいわねえ」

浅川女医はまわりを見まわした。二人の老人も稲垣もまったく食あたりはしていなかった。三人はテレビを見ていた。

「あなただけが腹痛を起したのよ。同じものを食べたあの人たちはケロリとしているわ」

「じゃ、わかりません。何が原因か」

「きっと、あんな馬鹿《ばか》なことを考えたから罰《ばち》があたったのね」

注射器をしまって浅川女医が大部屋を出たあと、難波はたった今、耳にした言葉を考えていた。「罰があたったのね」

おそらく浅川女医は冗談でその言葉を口にしたに違いない。しかし難波にはこの腹痛がたんなる食あたりとは思えなくなってきた。

誰かが彼にあてがわれた食事のなかに細工をしたにちがいない。でなければ同じ夕食をたべた岡本、畠山、稲垣の三人をはじめ、他の患者には何の異常もなく、難波だけがこんな目にあう筈はないからである。

だが、配膳《はいぜん》係のおばさんがくばるアルミ盆の夕食はこれが岡本、これが難波と決めているのではなく、ただ次々とその時の手順で枕元《まくらもと》においていくにすぎぬ。これが難波のとる夕食のアルミ盆と最初から決まっていたなら細工もできようが……しかしそれはありえないことだ。

(その女医は配膳係のおばさんを買収したのか)

そんなことをすればボロがすぐ出てしまう。ボロを出すような女医ではない。何か別の手口を考えたにちがいないのだ。

まだ腹痛はかすかに残っていた。胃液まで吐いたためであろう。

（ひどい目にあった）

これは敵が自分に加えた最初の警告のように難波には思える。

（いいこと。これ以上、鼻を突っこまないで。非道い目にあわすわよ。手を引かないと……）

その女医の声が聞えるような気がした。

（引くものか。こうなったら、あんたとあくまで闘ってやる）

（さっきは腹痛だったけれど、次は腹痛だけではすまなくなるのよ。もっと苦しい目に会わせるから）

（会わせるのなら、会わしてみろ）

難波はかすかに痛む腹に手をあてながら、まだ漠然とした輪郭しかないその女医と自分との口論をそのように想像していた。

しかし、それが警告なら、どのようにして彼の食事に細工したのだろう。腹痛は本当に食事から引き起されたのだろうか。

「あッ」

と彼は意外なことに気づいて鋭い声をあげた。

「どうした。まだ痛むのか」

テレビを見ていた稲垣が心配そうにこちらに顔をむけてたずねた。

「いいえ、大丈夫です」

「じゃァ、変な声を出すなよ」

食事じゃない、食事のあと、いつものように飲んだ薬だ。

薬は毎日、食事のあとに看護婦が持ってくる。難波はストマイの注射のほか、エタンブトールとヒドラジッドという抗結核剤を飲まされている。それぞれ黄色と白の錠剤である。

あの錠剤をたとえば強い下剤にすりかえたら。下剤だって同じように黄色や白いものがあるから、すりかえられた看護婦は何も気づかないにちがいない。

「そうか……」

難波は腹を押えながら大部屋を出ると芳賀を探しに行った。芳賀は温水の出る温水室で父親と自分との食器を洗っていた。

「やはり反応を見せてきましたね」

芳賀も顔色を変えて、

「一寸《ちょっと》、ここで待っていてください。看護婦室に行ってこの病棟で使う下剤がどんなものか調べてきますから」

「大丈夫ですか」

「大丈夫です。今日は梶本さんも出勤している日です」

梶本とは例の小林トシ事件で無実の罪を負わされた看護婦だった。あれ以来、難波や芳賀を信用して、頼みをきいてくれるようになった。

十分ほど温水室で待っていると、芳賀が紙に一粒の錠剤をのせて戻ってきた。

「もらってきましたよ。これがこの病棟で便秘の患者に与える一番つよい下剤だそうです」

形も白い色も難波が毎日飲むヒドラジッドによく似ていた。もちろんよく見れば多少の違いはあるが、一眼ではその区別はつかないぐらいだ。

「そうか……」

と難波は深い吐息をついた。

「これはやっぱり、奴《やつ》の警告だったんですね。首をつっこむな、という」

「そうでしょうね。どうします。続けますか。かなり危険なことになるが」

「負けませんよ。ぼくは」

難波は昂然《こうぜん》と頭をあげた。

吉兆という築地《つきじ》の料亭で大塚と女医とは食事をしていた。紺色の着物を着た女中が時々、料理を運んでくるほか、二人の会話を邪魔する者はなかった。

「おいしいわ、やはり吉兆は」

女医はその若さのせいか何よりも食べるのが好きなようだった。おいしい家に連れていけば彼女の機嫌がよくなることを大塚はこの頃、承知しはじめていた。

だから今日も彼は多少の無理をしてこの有名な料亭に彼女を案内したのだった。無理をしても彼が言わねばならぬことがあったからである。

「実はね」

大塚は盃《さかずき》の酒をぐっと飲みほして、

「今日はこの間の返事をきかせて頂きたいんだけど」

「この間の返事って……何だったかしら」

「また、とぼける。軽井沢に行った時、あなたに頼んだこと……つまり、ぼくと結婚してくれないか、と言うこと」

「ああ」

箸《はし》を口に入れたまま女医はにっこりした。

「どうなんです」

「そうねえ」

「あまり、じらさないでください」

と大塚は駄々っ子のように体を動かした。

「真綿で首をしめるような真似《まね》はよしてください。イエスかノウか、はっきり、してもらいたいな」

「大塚さん」

と彼女はナプキンで口をふくと真顔になった。

「あなた本気でおっしゃっているの」

「本気ですよ」

「でも……わたくしがどんな悪女か軽井沢で宮島さんにしたことで、おわかりになったでしょう。それでもおよろしいの」

「それでも、でなくて、それだから結婚したいんです」

「あなたのお嫁さんになってもわたくし悪女のままでいるわよ」

「結構です」

大塚はまるで入社試験を受ける学生のように座布団《ざぶとん》の上に坐《すわ》りなおして彼女の言い

分を聞いた。

「じゃあ、わたくしのどんな我儘《わがまま》もお認めになる?」

「認めます」

「わたくしのため、どんな浪費でもしてくださる」

「ぼくがやがて父からゆずられる財産は全部、あなたのために使っていいぐらいです」

その返事を聞くと女医は思わず吹きだした。

「可笑《おか》しいですか」

と少しムッとして大塚がたずねると、

「いいえ。でも信じられないの」

「誓っていいですよ」

「紙にちゃんとその約束を書いてくださる?」

「書きますとも。誓詞でも起請文《きしょうもん》でも」

水菓子とシャーベットのデザートが出たあと大塚は紺の着物を着た女中に紙と硯箱《すずりばこ》とを持ってこさせた。そして彼女を部屋から出して彼は誓約書をあまり上手ではない字で書いた。結婚後はどんな我儘でも浪費でも認めるという誓詞である。

「有難う」

その紙を丁寧に折って女医はハンドバッグに入れた。パチンと音をたててハンドバッグをしめた時、彼女の頰にあの無邪気にみえる笑いがかすめた。

彼は神経科に送りこまれた

これまで好奇心と軽い正義感とで犯人の正体を摑《つか》もうとした難波だったが、相手から脅しに似た仕打ちをうけると、気持も俄然、変ってきた。憎しみと怒りとが起ったのである。相手はどの女医かはわからない。わからないが自分にまでこんな女性的で陰険な仕返しを行ってくるのを知って猛烈に癪《しゃく》にさわってきた。

「芳賀さん。やりますよ」

難波はむしろ積極的に、

「ぼくはぼくに下剤を飲ませた人間をどうしても突きとめるつもりです。芳賀さんも側面的に援助してください」

難波と芳賀とは翌日の夕食のあと、梶本看護婦をいつも二人が密議する一階の薬局待合室に誘った。

「梶本さん、これで二度目です。この間はあなたの点滴事件があり、今度はヒドラジッドと下剤とがすり替えられた」

芳賀はおもむろに切り出した。

「ぼくらはこれは同じ人がしくんだと睨《にら》んでいるんです」

「そんなことってあるんでしょうか」

「放っておくと梶本さん、三番目、四番目の事件が起りますよ。事件と言えば大袈裟《おおげさ》だけど少なくとも随分、悪質な悪戯《いたずら》ですよ。これは人命に関係するのですからね」

「ええ」

まだ二十を越したばかりの看護婦は怯《おび》えたようにうなずいた。

「患者として、また患者の附き添いとしてぼくらはその犯人を突きとめるつもりです。手伝ってください。決してあなたに迷惑はかけませんから」

芳賀は難波がびっくりするほど説得力があった。

「まず普通、薬局から薬が看護婦室に配られるのは何時ですか」

「朝の投薬分のものは前日の午後、薬局にとりに行きますけど……夕方のものは当日、処方箋《しょほうせん》を持って担当看護婦が薬局に届けるんです」

と梶本看護婦はおずおずと答えた。

「なるほど。すると昨日の夕方、難波君が飲んだ抗生物質は昨日の午後に薬局からもらってきたものですね」

「ええ」

「それらの薬は看護婦室の何処《どこ》におくんです」

「部屋においてあるボックスに保管します」

「そうですか。そのボックスに鍵《かぎ》はかけますか」

「そんなもん、かけません」

「じゃあ、開けようと思えば誰でも開けられるわけですね」

「はい」

芳賀は煙草《たばこ》をとり出してそれを口にくわえた。芳賀が煙草を喫うのは珍しかった。

「昨日の午後、挙動のおかしかった女医先生はいませんでしたか」

「挙動のおかしい？……」

看護婦が妙な顔をしたので芳賀は、

「そう。いつもと違って落ちつきのなかったり、用もないのに看護婦室に残っていたような……」

と具体的に教えた。

「さあ……」

と彼女は首をかしげて考えていたが、

「そう言えば渡来先生が……」

「渡来先生が……?」

膝《ひざ》を乗り出すようにして芳賀と難波は看護婦を注目した。

「渡来先生が何度も看護婦室に来ました。先生、なにか御用ですかと訊《たず》ねたら、別に、と言ってすぐに出て行ったのを憶えています」

「そう……」

芳賀は難波に目くばせをした。

「渡来先生は薬を入れたボックスにさわっていましたか」

「それは……気づきませんでした」

「吉田先生」

と渡来女医が研究室に入ってくるなり、困った声を出した。

「また、あの患者《クランケ》が妙なことを言っています」

「難波ですか」

「はい、自分はヒドラジッドの代りに下剤を飲まされたって……」

机に向って何か書きものをしていた浅川女医がその声に顔をあげて、じっと二人の会話に耳を傾けていた。

「下剤を飲まされた？」

「ええ。三日前、下痢をしたそうです。それが故意に飲まされた下剤のせいだって……」

「浅川君。本当ですか。彼が下痢をしたのは……」

「ええ。食あたりで一過性の下痢と思いましたから、注射しました。カルテに経過は書いてございます」

吉田講師は苦い顔をして、さきほど大河内女医と田上女医が手わたしたレポートに眼を落し、

「困った学生だな。どう言う気なんだろう」

と舌打ちをした。

「先生」と渡来女医は、「どうなさいます」

「どうするって、まさか開放性の結核患者を強制退院させるわけにもいかんだろう」

「でもこのまま放っておくと、次々と嘘を言いちらすかもしれませんし……」

と渡来女医は他の女医の同意をえるように、

「それに他の患者への悪影響もありますから……何とかなさらないと……」

「やはり神経科の診察を仰ぐか……」

吉田講師は一人ごとのように呟《つぶや》いた。研究室のなかにいる四人の女医たちは賛成とも反対とも言わず黙っていた。

「そのほうが本人のためだし……」

翌日、難波が安静時間に眼をつむっていると吉田講師がもう一人の見馴《みな》れぬ男の医者と部屋に入ってきた。

「また苦情があるそうですね」

と吉田講師は途方に暮れたように、

「我々はもうお手あげですよ。君が一種のノイローゼとしか思われませんね」

と溜息《ためいき》をついた。

「ノイローゼじゃありません。至って正常です」

と難波が憤然として抗議をすると、

「じゃあ、正常かどうか第三者に判定してもらうより仕方がない。本当に君が正常という自信があるならこの先生のテストを受けてください」

と背後にたって白い診察着のポケットに両手を入れていた小肥《こぶと》りの医者をふりかえった。

「神経科の相沢です」

その中年の医者はやさしげな声を出して自己紹介をすると、ベッドに一歩近づき、

「色々と病院に不満がおありのようですね」

「別に不満などないんです。でもただ、ある事に不安を持っているんです」

と難波は答えた。

「ほう……」

相沢というその小肥りの医者は興味ぶかい顔をして、

「伺いましょう。しかし、ここじゃ、何だから、私の診察室に来てくれませんか」

「神経科の患者としてですか」

「いえ、そんなことは気にされんほうがいいですよ」

難波は一寸考えてからベッドから起きあがった。自分の言うことをハナから疑って

かかる吉田講師より、この中年の、いかにも寛容そうな微笑を頰にたたえている医師にすべてを聞いてもらったほうがいいかもしれない。

「行きます」

彼はガウンを肩にかけた。

吉田講師が研究室に戻ってみると、四人の女医のうち三人は出はらっていて、彼女だけが金網のなかの二十日鼠を観察していた。診察着からすらりとした脚がのぞいていた。

講師は部屋の隅においてある小さな冷蔵庫からコーラの瓶を出して、それを口のみに飲んだ。

「やっと相沢先生に渡してきたよ。あとは神経科の診断を待つだけだ」

「ええ」

彼女はこちらをふりむいて微笑しながらうなずくと、また観察ノートにボールペンを走らせていた。

「それはそうと……」

そのうしろ姿をじっと見ていた吉田講師は何かを思いだしたように、

「君たちの抗癌剤《こうがんざい》の組みあわせのレポートを読んだがね。本当にナイトロミンとエクザールとマルコノンの三者併用はそんなに著効があったのかね」

とたずねた。

「ええ」

ボールペンをその唇にあてて女医はうなずいた。

「ほかの薬の組みあわせよりも、はるかに良い結果が出てます。十二匹の二十日鼠のうち、癌細胞が消えたもの四匹、腫瘍《しゅよう》が小さくなったもの六匹、二匹だけが変化なしということはレポートに書いた通りです」

「そうだってね」

と吉田講師は回転椅子をギイと鳴らして、

「で、副作用は」

「それがないんです。先生」

「おかしいな。マルコノンは効力は強いが肝臓への副作用が烈しい薬なのに、ナイトロミンやエクザールと併用すると副作用がなくなるのかね。一寸、考えられないけど……」

「わたくしたちも」

と女医も可愛《かわい》く小首をかしげて、

「その点ふしぎだったんです。原因を今、調べているんですけど」

「そうか。とに角お手柄だったよ。もしその理由をはっきり解明すれば、今度、福岡である学会では大きな話題になるかもしれない。ただねえ……」

と吉田講師は溜息をついた。

「二十日鼠には効力はあっても、人体にはどうだろう」

「なぜ、そんな事を急におっしゃるんですか」

不審そうに女医は指導講師の顔を見あげた。

「実は特別病棟に入院している湧井さんなんだけどね。エンドキサンも5—FUもマイトマイシンも効き目がないんだよ。それに彼の肝臓もGOTが百五十ぐらいの悪さだからマルコノンは使えなくて閉口してたんだ。だから君たちの研究成果である三者併合がひょっとして使えないかと思ってね」

「…………」

「いや、やはり人体にたいする効力がわからない以上、手が出せないね。少なくとも湧井さんはうちの病院には大事な患者《クランケ》だから、もし副作用でも起したら、ぼくが井上教授や大橋助教授にお叱《しか》りを受けるしね……」

まだ残っているコーラを吉田講師はまずそうに飲んだ。

その姿を女医はじっと見つめていたが、やがて決心したように、

「先生、小林トシさんの事ですけど」

と急にあの年寄りの名を出した。

「うん」

「あの人にこの薬を試しては如何《いかが》でしょう」

「あの人に？　小林さんは別に癌《クレブス》の患者《クランケ》じゃないじゃないか」

「でもこの併合薬が人間の肝臓に及ぼす影響はわかりますわ。彼女の肝臓のデーターは今のところ正常ですから」

びっくりしたように講師は眼前にいる若い女医を眺めた。この愛らしい女性がそんな怖ろしいことを無邪気な声で言うとは思いもしなかったからだ。

「君、本気でそんな事、言うのか」

「ええ」

「君はぼくに人体実験をやれとすすめるのかね」

「でも多かれ少なかれ医学は人体実験で進歩していますわ、先生」

「しかし、もしそのために小林さんの病状が悪化したらどうする」

「先生、小林さんは生きていたって誰のためにも何の役にもたたないお婆《ばあ》さんです。役にたたないどころか、生きているために皆に迷惑をかけていますわ。あの人がこの病棟にいるため看護婦《ナース》さんたちがどんなに無意味な時間と精力を使っているか、先生も御存知の筈です」

「そりゃ、承知はしているが……」

「皆は心のなかでは早く彼女が死んでくれたら、と願っています。そんな小林さんですもの。あの薬を試しても……別に悪くないと思うんですけど」

まるで黒板の前にたって数学の解答を説明するようにこの若い女医は淡々とした口調でしゃべった。

「先生、もしこの三つの抗癌剤の併用が動物だけでなく人間にも著しい効果をもたらすなら……その方法で救われる癌患者が世間にたくさんいますわ。その人たちのためにあまり生きる価値もない小林さんが実験の対象になっても……わたくし、かまわないと思うんです」

吉田講師は狼狽《ろうばい》して彼女の言葉を聴いていた。

「先生がおイヤなら、わたくしにさせてください」

「君、馬鹿な」

「わたくし、平気なんです、先生」

と指で髪を額からかきあげて女医はニッコリ笑った。

「わたくしの愛読書の一つはドストエフスキーの『罪と罰』なんです、先生。あのラスコリニコフが生きるに価しない金貸しのお婆さんのことをどう考えるか、憶《おぼ》えていらっしゃいますか」

「…………」

「ひとつのちっぽけな罪は数千の善行によって帳消しにならないものか。ひとつの命と引きかえに何千という命が腐敗と崩壊から救われる、ひとつの死が百の生命にかわる——これは算術だ。わたくし、このラスコリニコフの言葉がとっても好きなんです」

「君はその可愛い顔から想像もできぬことを考えているんだな」

「先生。どうか、わたくしにその実験をやらせてください」

女医は椅子《いす》に腰かけている吉田講師のそばに寄ると、甘えるようにその肩に手をおいた。

「それで……何もなければ先生は患者の湧井さんに三者併合薬をお使いになれるんです。そしてもし成功すれば学内での先生は高く評価されますもの……」

難波のうけた脅迫

吉田講師は自分の肩におかれた女医の手を意識した。別に彼女が力を入れて押えつけているのではなく、ただ軽くそこにのっているだけの手なのに吉田講師はまるで自分が金縛りにあって身動きができなくなったように感じた。

「先生……」

女医は彼の耳もとで甘えるように言った。その昔、イブがアダムに神を裏切ることを奨めた時もこのような甘い声を出したにちがいなかった。

「だってこんな簡単なはっきりとした計算はありませんのに。一より百のほうが確かに大きいことは子供でも知っていますし……一のために百を犠牲にする馬鹿はいませんもの。むしろ一を犠牲にしたおかげで百が生きるなら……それを誰もが選ぶ筈ですわ。小林トシさんがこの人体実験でたとえ死んでも、そのおかげであとの百人の患者に恢復《かいふく》力を与えられるなら……」

吉田講師はまるで催眠術にかけられたように彼女の言葉を聞いていた。心と思考との抵抗力が次第になくなっていくのがわかっていながら、どうしようもない感じである。

「あたらしい癌の薬が動物だけではなく、幾万という苦しんでいる患者に使われるためには、やっぱり人間への実験が必要ですわ。そんな時、アメリカではひそかに施療《せりよう》患者や貧しい黒人の患者にそうした実験を行っていることを先生もおっしゃったでしょ。だから……わたくしたちも、やったって良いと思うんです。ほかの人たちには何も言わず、先生とわたくし二人だけで……そうすれば絶対にわかりませんもの」

「二人だけで？」

「ええ、わたくしは絶対に誰にも言いません。誓います……先生さえ秘密を守ってくださるなら」

女医の声は甘かった。

両手で頭をかかえ、吉田講師は、

「しばらく考えさせてくれ」

と呻《うめ》くように言った。

「いいえ」

と女医は間髪を入れず、

「考えることなんて……どこにもありませんわ。先生は湧井さんをお助けになりたいんでしょう。そしてもし湧井さんがあの薬で助かれば、うちの大学だけでなく先生にも、それは素晴らしいことですもの」

「君には……三つの薬の組みあわせに自信あるんだね。肝臓にどんな障碍《しょうがい》も及ぼさないって」

「ございます。自信がなければ、先生、こんなことをおすすめしませんもの」

「よし……」

まだ頭に襲いかかる躊躇《ちゅうちょ》をふり捨てるように吉田講師は椅子から立ちあがった。

「君は先に小林トシさんの病室に行っておいてくれたまえ。ぼくは彼女のカルテを取ってくるから」

「わかりました」

女医は扉をあけて自分たちの指導教官を先に廊下に出した。二人は肩をならべて病室のほうに歩きながら、

「じゃ、すぐ行くから」

講師は小林トシの病室の前で女医と別れると看護婦室に歩いていった。

女医は扉をあけて病室を覗《のぞ》きこんだ。老婆は感情のない眼で彼女を見ていた。

「小林さん、気分はどう。一寸、診察をしますよ」

診察着から聴診器《ステト》を出して耳にその端を入れ、もう一つの端をトシの肋骨《ろっこつ》が浮いた胸にあてると、女医は注意深くその心音を聞いた。

扉がそっと開いて講師が患者のカルテを手にして入ってきた。

「どう?」

「異常ありません」

「今、カルテを見たけど、この患者《クランケ》の肝臓は大体、正常だね。投薬するには充分、いい条件を備えているな」

「いつから、注射を始めますか」

「いつからでもいい。今日からでもかまわないよ」

「ええ、ただ、田上さんがこの患者《クランケ》の主治医なのです。ですから田上さんをこの病室からはずして頂かないと」

吉田講師はうなずいて、

「そうだったな。それはぼくから彼女に適当に言って替ってもらうようにする。君が主治医という名目で実験をやってくれたまえ」

講師はそう言い残してふたたび部屋を出ていった。女医は小林トシと向きあってそ

の細い腕の脈を測りながら、

「小林さん。あなた治りたい？」

とたずねたが、老婆はふしぎなものでも見るようにこちらを眺めていた。

「あなたが治れば悦《よろこ》ぶ人がいるの？　別に悦ぶ人はいないわね。治ったところで、あなたは皆のために役だつわけじゃなし……そうでしょう。つまりあなたはそのへんの虫けらと同じなの。虫けらが一匹、死んだって世のなか別に変らないもの。あなたはそういうお婆さんなの」

小林トシはじっと女医の唇の動きを凝視していた。やがてその眼から口惜《くや》し泪《なみだ》が流れはじめた。

「なぜ泣くの」

と女医は更に残酷な衝動に駆られて呟いた。

「泣いたって意味ないわよ。だってあなたは生きても皆に迷惑をかけるしかない虫けらみたいなお婆さんだもの……わたくし本当のことを言っているのよ。でもわたくしは医者としてあなたをちゃんと治療してあげるから安心なさい。いい注射をうって元気がつくようにしてあげるから……」

「さあ、くつろいで……話してください」

回転椅子を軋《きし》ませながら神経科の相沢医師はつくり笑いを頰にうかべ、

「あなたは今まで神経科の治療を受けたことはありますか」

「ありませんよ。初めてです」

と難波は憤然として答えた。

「じゃあ何かにたえず怯えていたという経験はありませんか。誰かに追いかけられていたとか、誰かに監視されていたという経験は」

「そんな憶えはありません」

「あなたはあの病棟で犯罪があったと主張されているんですね」

医師は相変らず血色のいい顔に微笑を消さずに訊ねた。

「どんな犯罪です」

「犯罪なんて大袈裟なものじゃありません。何しろ実際には子供が池に落ちて、点滴注射のミスが起りかけて、それに……」

「それに……」

「ぼくが下痢をしたことです」

それを聴くと相沢医師は声をだして笑った。

「たったそれぐらいのことが……あなたには犯罪なんですか」

と彼は少し嘲《あざけ》るように肩をすくめた。

「たしかに」と難波は口惜しそうに、「結果から見ると犯罪にはなっていませんが……でもその裏には悪の臭《にお》いがあるんです」

「ほう、悪の臭いがねえ」

相沢医師はもう難波の言うことをまともに聴こうともしていなかった。精密な診察をしなくてもこの青年が妄想癖のあることは確かだった。

「誰がそんな悪いことをやったんです。君に下痢をさせるような」

「女医です。女医の一人です」

「でもねえ。そんなことを考えているのは病棟のなかで君一人ですよ。ほかの患者さんはみんな騒ぎたてはしていないんですよ」

さとすように言う相沢医師の言葉に難波は反発して、

「皆は何も気づかないからです」

相沢医師は机の上から何枚かの絵をとり出して難波の前においた。水のなかにインクを落したようなさまざまな模様がそこに描かれていた。

「難波君、この形から……何を連想しますか」

「なぜ、こんなことをするんです。ぼくは正常です」

「正常なら自信をもって答えてごらんなさい」

「蜘蛛《くも》です」

「君は蜘蛛が嫌いですか」

「嫌いです。当然でしょう」

相沢医師はわかったと言う風にうなずいて考えた。この患者《クランケ》は強迫観念にとらえられている。だからこの模様から嫌いな蜘蛛を連想するのだ。

何枚かの絵を見せてその連想するものを訊ねると机の横にあるボタンを医師は押した。

「お呼びですか」

すぐに姿をあらわした看護婦に、

「この薬を持ってきてくれたまえ。注射をやるから」

と彼は命じた。

「注射、何の注射です。ぼくを病棟にかえしてください」

「わかってます。ただ君の神経は随分つかれているようだ。その神経が鎮和するように注射を一本うちますから、それがすんだら病棟に戻ってください」

「そんな必要はないです」

難波は椅子から立ちあがろうとした。


ふかい井戸に引きこまれるように難波は眠りに落ちていた。時々、彼はイヤイヤでもするようにその強制された眠りに抗《あらが》うため体を動かしたが、そのまままた軽い寝息をたてた。

一日たった。二日たった。三日たった。

第三病棟から吉田講師が二人の女医をつれてこの病室に姿をみせた。

「今、この患者《クランケ》には睡眠療法をさせています。診察の結果、神経の疲労とある程度の妄想傾向のあることがわかりましたから」

と相沢医師は難波の脈をとりながら吉田講師に説明した。

「なるほど」

吉田講師はうなずいて、

「何分ともよろしくお願いします。なお、結核の治療は一応、睡眠中は中止したいと思いますが」

「どうぞ。我々のほうは一向にかまいません」

四日目の夕方、難波は少しだけ眼がさめた。窓から西陽が流れこんでいた。そして自分が汗をかいているのを感じた。

(ここは何処《どこ》だろう)

朦朧《もうろう》とした頭には初め自分が何処にいるのかが摑《つか》めない。しばらくして彼はここが神経科の病室で、自分が二、三人の若い医局員に押えられて注射をさせられたのを思いだした時、烈しい怒りが胸に湧《わ》いた。

(無法だ。人権蹂躙《じゅうりん》だ)

ベッドから起きあがろうとしたが、体がまだ動かなかった。枕元《まくらもと》の呼びボタンを押すのがやっとだった。

「あら、眼がさめましたか」

彼の怒りとは裏腹にあかるい表情であかるい声をだして看護婦があらわれた。

「ぼくはなぜ、ここに入れられてるんだ」

「もちろん睡眠療法のためですよ。咽喉《のど》が渇いているならお茶を飲ましてあげます」

水呑《みずの》みで茶をゴクゴク飲ましてもらいながら難波は病室をみまわし、

「元の病棟に帰る」

と駄々をこねた。

「先生のお許しがあれば、すぐ帰れますよ」

「じゃあ、先生をよんでくれ」

「でもう五、六日は寝たほうがいいと先生もおっしゃるんじゃない。睡眠療法は十日間がサイクルですから」

「ぼくはね」

と難波はぬれた口を手でふきながら、

「結核かもしれないが、神経科の患者じゃないんだ」

「ここの患者は皆、そう言いますわ」

「とに角、ぼくが眼をさましたと先生に伝えてくれ」

看護婦が去って十分ほどして相沢医師が姿をあらわした。

「眼がさめましたか。多少、手荒なやり方をしたことは許してください。あなたがあまり暴れるもんだから。睡眠療法を行うため、あれより手段がなかった」

「先生、あなたはぼくの言ったことを嘘《うそ》、出鱈目《でたらめ》と思っているんでしょう、じゃあ」

難波は微笑を浮べている相沢医師の顔にストレート一発を打ちこむように、

「ぼくと同じ考えの人に話を聞いてください。その人は第三病棟にいるから」

と言い放った。

「同じ考えの人?」

医師の顔からあの人を憐《あわ》れむような微笑が消えた。

「何という人ですか、それは」

「芳賀さんというんです。患者じゃありません。お父さんが気管支拡張の手術を受けて容態がはかばかしくないので附き添っている人です。その人もぼくとまったく同じ考えです。それだけではない。その考えを裏打ちしてくれる材料も持っています」

しばらく医師は沈黙していた。

「何を考えているんです。彼に訊《き》いてください」

「もう少し……睡眠療法をしたほうがいいかな」

「冗談じゃない。これは嘘でも何でもありません。すぐ第三病棟に電話を入れてください」

「困った人だな」

それでも相沢医師は難波をなだめるためか、

「電話をかけて訊くことは訊きますから、あなたも温和《おとな》しく治療を受けてくださいよ」

そう言って診察着のポケットに片手を入れたまま、病室を出ていった。

まだ頭が少し痛かった。俺はもう沢山だ。こんな病院に居続ける必要はない。退院して、もっと普通《まとも》な病院に移りたいと難波は考えた。

静かだった。本当に相沢医師が第三病棟に電話をかけているにしては、時間が長いような気がした。彼は様子をみるため、そろそろと起きあがり、片脚を床におろそうとした時、扉が突然、開いた。

「かけましたよ」

相沢医師は扉から一歩入ると、そこに立ちどまって難波の顔をじっと見つめながら言った。

「芳賀さんは……そんなことは何も知らない、とはっきり言っています」

「そんなこと？」

「そう、あなたが言うような犯罪は知らないって……」

医師の顔にはもう微笑はなかった。

彼は裏切られた

「そんな……」

　あまりの意外さに難波はベッドから飛びおりた。

「芳賀さんがそんなことを言う筈《はず》はない」

　その見幕の烈しさに相沢医師はたじろいで、

「しかし、彼ははっきりと言ったんですよ。まったく憶えがないって」

「電話をかけさせてください。彼をここに連れてきてください。ぼくの眼の前で彼の証言を聞いてください」

　相沢医師は必死な難波の顔を見ていたが、

「わかった」

　そう言って病室を出るように促した。

　看護婦室では二、三人の看護婦たちがただならぬ難波の気配に圧倒されたようにこちらをそっと窺《うかが》った。黒い受話器をとりあげて相沢医師は第三病棟の看護婦室をよびだした。その間、難波は医師を監視するようにうしろに立っていた。

「ああ、神経科病棟の相沢だけど」

医師は横眼でチラッと難波をみながら、

「そこで患者に附き添っておられる芳賀さんをね……よんでください。もう一度」

もう一度という言葉に力を入れて言った。

しばらく二人は黙っていた。やがて相沢医師は片手で難波に合図しながら、

「ああ、芳賀さん……ええ。君の返事をそのまま伝えたら、難波君はどうしても信じられないって……君と直接、会いたいって……そう言うんですがね。うん、うん。そりゃ、わかるけど」

難波はその口調で芳賀が自分に会うのを渋っているのを感じた。

「出してください、ぼくを」

そう言って彼は相沢医師の手から受話器をもぎとろうとした。

「待ちなさい。君。芳賀君はここに来るとそう言ってるんだよ」

医師は難波の体を払いのけながら、なだめにかかった。

力がぬけたように椅子に崩れ落ちた難波は眼だけをまるで動物のように光らせながら周りを見まわしていた。その姿はもう長年この病棟にいる神経を犯された患者さな

がらだった。事実、看護婦たちも難波を精神の錯乱した患者《クランケ》と見ていることは確かだった。

「さ、病室に戻ろう。芳賀君はもうすぐ来るから」

「いやだ。ここで彼を待つ」

頑《かたく》なに難波が頭をふると、相沢医師は、

「君がここに坐っていると、看護婦さんたちの仕事の邪魔になるんだよ」

やさしい声を出して彼を病室に連れていこうとした。

その時、真向いのエレベーターがあいて芳賀があらわれた。不審そうな、そして呼び出されたことを不満そうに、

「芳賀ですが……」

と看護婦に自分の名を名のった。

思わず椅子から立ちあがった難波の肩を相沢医師が強く、ぐっと押えた。

「芳賀さん、ぼくが医師の相沢です。たびたび電話をかけて申しわけない。ただこの難波君がしきりと君を呼んでくれと言うので……」

「はァ」

「伺うけど……さっき電話で言ったことね……あなたは否定するわけだね」

「さっき電話でおっしゃったことと言うと……誰かが計画をねって次々と第三病棟で怖《おそ》ろしいことをやっているという……」

「そうです」

「そんなこと……考えたこともありません」

芳賀は難波から眼をそらしながらはっきりとそう言った。

「嘘だ」

難波は立ちあがり、救いを求めるように芳賀に手をさしのべると、

「芳賀さん。そりゃ嘘だ。あなたが、すべてのことをぼくに教えてくれたんじゃないか」

「難波さん。あなた、疲れているんです……」

芳賀はいたわるような声を出した。

「その疲れをここで早く治したほうがいいですよ」

「今更、何を言うんだよォ。俺はな、疲れてなんかいないぞ。君は今になってあの池で子供が溺《おぼ》れかかった事も点滴事件も知らないというのか」

困ったように芳賀は相沢医師に眼をやり、

「帰っていいでしょうか。もうお答えをしましたから」

そして答えを待たずエレベーターの横にある非常口の階段をおりようとした。

「卑怯者《ひきょうもの》」

追いかけようとする難波を相沢医師はうしろから抱きかかえた。

「やめなさい。話はもう終ったじゃあ、ありませんか」


鉄格子《てつごうし》のはめられた窓から西陽が流れこんでいる。その窓の下に鉄の寝台があって、その寝台に難波は腰をかけていた。看護婦室で暴れた彼は硝子《ガラス》の破片で掌に怪我《けが》をしたため包帯で右手を縛っている。

悪夢のなかにいるようだった。いや、渦のなかで木片がキリキリ舞いをしているように自分も悪夢のなかでふりまわされているようだった。

一体、何が本当で何が嘘なのかわからない。芳賀に会うまでは自分は間違ってはいない、不当な仕打ちを受けているという気がしていたのだが、それがわからなくなった。自分の言っていることが正しく、相沢医師が誤解しているのだと決めてかかっていたのだが、それが自信なくなってきた。

彼はまるで頭のなかを覆《おお》っている薄膜を追いはらうように首を何度もふった。頭の芯《しん》で重い頭痛がしたが、それはさきほど無理矢理に飲まされた鎮静剤のせいかもしれなかった。

鉄格子のはめられた窓からさしこむ西陽の足が次第に短くなってきた。そしてその夕陽は彼の顔にあたった。

(俺は……本当に狂人になったのだろうか。俺が見たことのすべては幻覚で、本当はなかったことなのだろうか)

そう思うと同時に、

(いや、そんなことはない。たしかに入院の間、今日まであの出来事は起ったのだ。

そして芳賀と俺とは……)

自分が正気だったのだと主張する心とが交互に胸を通りすぎていく。

(俺が正気なら……芳賀はなぜ、あんな嘘をついたのだろう)

何もかもが理解できない。難波は寝台に腰をおろし、両手で顔を覆った。

扉が軋んだ音をたてて開いた。相沢医師だった。

「気分は落ちつきましたか……」

「先生……帰してください」

「治ればいつでも戻れますよ」

難波は手をあわせて医師を拝むように哀願をした。

「先生。お願いだから、ぼくを退院させてください。こんなところにいると、本当に気が狂いそうだ」

難波の声は泣き声に近かった。さきほどの強情さは影をひそめ、その声は弱々しかった。

「何が本当で、何が嘘かわからなくなってきたんだ」

「ねえ、難波君。その自分の言葉だけでもわかるだろ」

あくまで優しく、あくまで思いやりぶかく相沢医師はうなだれている患者をなだめ、

「君の神経がどんなに疲れているかが。ここはね、神経を休めてやる病棟なんだよ。ここでしばらく体と同時に心も休息させてやろうじゃないか。そして肉体も心も元気になったら、学生生活に戻ればいい」

だが難波は医師の言葉が耳に入らぬようだった。溺れる者が藁《わら》でもつかむように彼は自分がこの泥沼から這《は》いあがれる何かを探していた。

「先生」何かを突然思いついたのか彼は医師の診察着をつかんで叫んだ。「ひょっとすると、ここに加能純吉という人が第三病棟から廻されてこなかったか」

「加能？」

相沢医師は難波の気勢にびっくりして、

「知らないねえ。少なくとも私の患者《クランケ》にはいなかったと思いますよ」

「探してくれ。患者の名簿から」

「芳賀さんのあとは加能さんか。いい加減にしたまえ」

相沢医師が自分の診察着をつかんでいる難波の手を放してつめたく拒むと、

「たのむ。たのみます。先生」

難波は泣きながら床に跪《ひざまず》いた。そのあわれな恰好《かっこう》がこの気のよい医者を動かし、

「しかしその加能さんがここに入院していた事を知って何になるんですかね」

とたずねた。

「もし彼がそうなら……俺と同じなんだ。この俺と……」

「この俺と何が同じ？」

「この俺の知ったようなことを第三病棟で経験したと思うんだ……」

医師は仕方なく看護婦室に戻り、カルテ係に電話をして昨年の神経科のカルテに加能純吉の名があるかを訊《たず》ねた。その声を聞いて、

「ああ、その人なら入院していましたよ」

と古参の看護婦がそばで答えた。

「担当医は誰だい」

「藤綱先生です」

「症状は」

「強迫観念の症状でした」

そうか、難波と同じだと思った。しばらく考えた医師は、難波の精神安定のためにも加能のことなど当分しゃべらぬほうがいいと判断をした。

医師が戻ってくる間、難波は顔を片手で覆ったまま、寝台に仰向けになっていた。鉄格子窓はすっかり夕靄《ゆうもや》に覆われ、病室のなかは真暗だったが、彼には灯をつける気力もなかった。

(人間はこうして気が次第に狂っていくのだろうか)

彼はまるで重病人が自分の恢復《かいふく》力に自信を喪失するように、自分の正常な意識に自信を失っていた。病室の扉が厚いせいか、彼を包む真黒な、四角な空間は静寂そのものだった。いや、誰かが隅で小声で笑いはじめている。少女の忍び笑いのようにいやらしい、不吉な声で笑っている。難波ははね起きた。笑い声はとまった。

二十五米《メートル》のプールを二回、往復して彼女は水からあがった。

「参ったなあ」

と大塚はへたばったようにクロールから平泳ぎにかえてプール・サイドまで泳ぎつくと、

「あんなにあなたが泳ぎがうまいとは思わなかった」

と口惜しそうに呟《つぶや》いた。

寝椅子に腰をおろしてタオルの端で耳をふいていた女医はそれを聴くと声をたてて笑った。

「高校の時は全国大会に出たことがあるのですもの」

「君が？」

「ええ……」

大塚はまぶしそうに水着を着た女医に眼を走らせた。水着と言っても胸と腰とをわずかに覆っただけだったから、均整のとれた、小麦色のその肉体を隅まで眺めることができた。それはどんなモデルにも負けないくらい奇麗な曲線で形づくられた体だった。

「それじゃあ、競争してもぼくが負ける筈だなあ……もう帰りますか」

「もう一泳ぎしてからね」

大塚はプール・サイドで腰をおろして、彼女がふたたび水に飛びこむのを見た。クロールで向うまで泳いでいくその姿には大塚がもうとっくに失った若さと生命力とがあった。

ふたたび水からあがった彼女とプール・サイドのそばの喫茶室でお茶を飲んだ。今日のプールは外が雨のせいかあまり客もなく、この喫茶室もがらんとしていた。

「今夜ぼくと食事はできますか」

「食事は駄目。病院に行かなくちゃ」

女医はつめたい紅茶をのみながら、ニベもなく断った。

「病院、病院と言うけど、今日はたしか出かけなくていい日だったんでしょう?」

大塚のまぶたにはさっき見た小麦色の体がまだはっきり残っていたし、その体が彼の欲情を刺激して、ここでどうしても別れたくない気持にさせていた。

「ある新しい実験をやっているの」

「実験? また鼠《ねずみ》や兎《うさぎ》を使って」

「兎や鼠じゃなく、別の生きものを使うの」

「別の生きもの」

犬かな、猫かなと大塚がたずねると、女医は笑って答えなかった。

「何時頃、すむんですか、その実験は」

「そうね、夜の八時頃……」

「じゃあ、病院の前まで送っていこう。八時に迎えにいきます」

あの体に今日もさわりたいと大塚は思った。彼女は彼を弄《もてあそ》ぶようにその体の一部は触れさせてくれたが、まだそれ以上は決して許してくれていなかった。

その大塚に送られて病院で車をおりると彼女は例の可愛い笑くぼを見せて手をふり、がらんとした玄関に姿を消した。日曜日の病院はまるで無人の倉庫のようだった。

彼女は第三病棟に向いかけて、ふと足をとめた。そして誰もいない通路を通りぬけて神経科の患者のいる建物に歩いていった。

「今、薬で眠っていますが、もう起きる時間です」

そう答えた若い看護婦は鍵束《かぎたば》を持って女医の先にたった。

「一人で大丈夫ですわ」

と女医が言うと、部屋の扉だけこの鍵であけるからと看護婦はうなずいた。

部屋のなかで難波は鉄格子の窓から外を見つめていた。扉のあく音にうしろをふりかえったが、その顔には何の表情の動きもなかった。無気力な無感動な顔だった。

「難波さん。わたくし」

　と女医は心配そうに話しかけた。

「見舞いにきたのよ。加減は如何《いかが》ですか」

　難波は黙って女医の顔を見つめ、やっと相手が誰かわかると、その眼から泪《なみだ》が流れはじめた。

「時々、ああして泣くんです」

　とうしろで看護婦が小声で説明した。

「まだ情緒不安定な状態が続いています」

「可哀想《かわいそう》に……難波さん」

　と女医は溜息《ためいき》をついた。姉が弟の身を案じているような溜息だった。

「一日も早く快《よ》くなってね」

神父登場

　神父はその大学病院の敷地に自分が運転してきたブルーバードを停めると、助手席においた菓子箱を持って車をおりた。この日曜日を利用して彼は自分が知っている学生の難波を見舞うつもりだった。

もっとも難波は彼の教えた学生ではない。英米文学を勉強している難波と中世哲学と神学の専門家である神父とはただハイキング部という部を通して知りあっていたのだった。神父はこの学生クラブ活動の部長だったし、難波はそこの部員の一人だったのだ。

菓子箱のなかには炊事係の修道士が焼いてくれたクッキーが入っていた。彼が今日、「病気の学生を見舞いにいくのだ」と言うとその日本人修道士は奇麗に焼いたクッキーを箱に入れてリボンまでつけてくれた。

日曜日の病院の玄関はガランとして薬局も外来受附もみな窓をしめ、カーテンが引いてあった。だから神父は難波の病室を訊ねようにも訊ねる人がなかった。

戸惑って空虚な待合室からエレベーターのあたりをうろうろしていた彼はやっと一人の若い看護婦が外来診察の廊下からこちらに来るのにぶつかった。

「その患者さん、何の病気ですか」

相手が外人神父なので一寸《ちょっと》、びっくりしたような顔をしてその看護婦はゆっくりと言葉をくぎって訊ねた。外人だから日本語がよく呑みこめぬと思ったのであろう。

「結核です」

「じゃあ……この病棟ですわ」

彼女は眼の前のエレベーターを指さして、

「エレベーターで四階に行ってください」

礼をのべて神父は鈍い音のする広いエレベーターに大きな体を入れた。エレベーターが広いのは手術の患者をのせるためにちがいなかった。が、その速度は遅く、扉があく時、大きな音がした。

出口の前が有難い事には看護婦室になっていた。

「ごめんください」

机に向っていた二人の看護婦がやはり奇妙な眼で彼を見た。神父はジョン・ウェインと同じように巨体で肩幅がひろかった。

「難波さんの病室はこちらでしょうか」

「難波さん。ええ……」

ボールペンを動かすのをやめて看護婦は急に当惑の色を眼にうかべ、

「ここにおられましたけど……今は別の病棟に移っておられます」

「別の病棟？　どこでしょうか」

「この隣りですけれど……しかし面会が許されるかなあ」

「それほど悪いですか。彼は……」

「いえ、悪くはないんですけど……」

彼女は同僚の看護婦の意見を求めるように、

「電話で訊いてみようか」

とたずね、その同意をえると受話器を耳にあてた。

「お見舞客ですけど、難波さんに。失礼ですがお名前は」

「ウッサンと申します。ウッサン神父です」

「ウッサンさんとおっしゃる神父さん。ええ、基督《キリスト》教の神父さん」

それからこちらを向いて、

「どうぞ。面会ができます。隣りの病棟の三階に神経科の病室がありますから、そこの看護婦室できいてください」

「神経科。どうして彼が神経科に」

困ったように看護婦たちは顔をみあわせた。そして小声で、

「少しノイローゼになったんです」

眼をそらせて呟いた。

その視線のそらせかたや困った表情が神父の心にひっかかった。彼はふたたびエレベーターにのりながら、妙な感覚を味わった。

その妙な感覚とは一寸、言いがたいものだった。長い間、中世の基督教哲学と神学に没頭し、また悪魔についても注目すべき著述を書いた彼はたった今、足を踏み入れた四階になにか、言いようのない不快な、薄気味わるい感覚を感じたのである。

その不快な気持のわるい感覚は、神父には記憶があった。それは悪魔についての研究をつづけていた頃、彼は黒ミサについて資料を集め、調査していたのだが、その時、今と同じような感覚をたびたび味わったのである。

黒ミサとは基督教の神を侮辱するために行われる悪魔にたいするミサである。中世の頃からはじまったこの倒錯した儀式は現代もなお、秘密裡《り》に一部の人間たちに伝えられてきた。瀆神《とくしん》論者や魔術師、それから悪魔《ルシフェール》の力をかりれば現世の富や権力をえられると信じている男や女が、いつか悪魔崇拝となり、悪魔のために儀式をやる——それが黒ミサだった。

一九五〇年の頃、リヨンの神学大学で若い講師となった神父はこの霧ふかい街で古い昔から黒ミサをやっていた事実があり、その家がまだ残っていることを突きとめた。その家のあるのはリヨンのなかでも最も古いと言われているサン・ジャン地区の一角だった。

昼でもそのあたりは薄暗く、体臭とも犬の尿の臭いともつかぬ臭気がこもっていた。ふるい石畳の細路をはさんで黒ずんだ両側の家と家とは鼻をつきあわさんばかりで、酔っぱらいが石段に横になり、誰かを罵《ののし》る女の大声が聞えてくるような一角に神父は問題の家をみつけた。

その家のなかで三十年ほど前まで怪しげな儀式が催されていたという。神父はその家のなかに足を踏み入れ、黒ずんだ天井と螺旋《らせん》状の階段を見た時、突然、吐き気のするような感覚に襲われた。吐き気と共に背中に悪寒《おかん》が走った。

それはこの家の持つ不潔な空気のためではなかった。この悪寒は悪魔がかつて支配した場所にまだ残っていた臭いを嗅《か》いだために引き起されたのだった。

あれとそっくりの臭いを神父は今、訪れた第三病棟にこもっているのを感じたのである……。

(馬鹿《ばか》な)

彼はエレベーターのボタンを押しながら首をふった。

病院とは神父の眼から見ると神の祝福された建物だった。病という悪にたいして医者と看護婦とが闘う——そのような場所に人間の不幸を狙《ねら》うものの臭気がこもっている筈はなかった。

(年齢が私の鼻まで老いさせたな)

とウッサン神父は苦笑をしてエレベーターをおりると教えられた通り、難波のいる病棟に向った。

年とった人のよさそうな看護婦が鍵を持って神父を案内してくれた。彼女に気づいて、左右の病室の扉をあけて患者が顔をだし、

「こんにちは、こんにちは、こんにちは」

と二人に挨拶《あいさつ》をした。廊下の隅にしゃがんですすり泣いている女性患者もいる。と看護婦はその肩をだいて、

「どうしたの。ポンちゃん」

と慰めた。

「私には……わかりませんね」

と神父はその看護婦に、

「あの学生がなぜノイローゼになったか、私には理解できません」

「きっと自分の病気に悲観されたのでしょうねえ。そのせいと思いますよ」

彼女は鍵穴に鍵を入れて扉をあけた。

「私は廊下で待っております。面会が終ったら知らせてください」

「有難う」

ウッサン神父は礼を言って病室のなかに入った。

寝台に仰向けになった難波がとろんとした眼で神父を眺めた。睡眠薬を飲まされているらしく、そのとろんとした眼は彼がまだ眠りから完全にさめていないことを示していた。

「どうしましたか、難波さん」

神父は笑顔をつくって、彼を元気づけようとした。

「この病院は複雑だね。この病室まで来るのは大変だった」

難波は片手を寝台においてやっと上半身を起すと、まじまじと神父を凝視し、

「ああ……」

と小さな声をあげた。

「ああ、ウッサン先生」

「なんのノイローゼかな。病気のことか。病気なら心配いらないよ。結核はね、もう

完全に治る病気だから」

「ウッサン先生」

突然、難波は引きしぼるような声で叫んだ。

「先生、ぼくを助けてください」

その声があまりに切実であまりに悲痛だったので、神父は衝撃を受けて何も言えなかった。

「先生、お願いなんです」

そして難波の眼からゆっくりと泪がながれた。

「助けるよ」

神父は大きな手を学生の肩において、

「助けるから話しなさい。一体、何があった」

「でも話しても、先生は信じてくれないでしょう。医者も看護婦も誰も信じてくれなかったんだから」

「私は信じるよ。君が嘘をつく人間でないことは今日までの交際で知っているから……」

病室の向うで子守歌を歌う声がきこえた。それは女性患者が廊下で歌っているのだった。日曜日の午後、閑散とした病棟で子守歌がきこえてくるのは寂しかった。

「だから、話してみなさい」

はじめは嗚咽《おえつ》しながら、やがて気をとりなおして難波は今まであったこと、起ったことのいっさいを話しはじめた。その間、神父はこの病人の眼をじっと見つめていた。

悪魔の研究をしていた頃、神父は精神病患者と悪魔にとり憑《つ》かれた者とを区別するため、精神病院の医師の協力をたのんだことがあった。そしてその協力と指導との結果、神父は妄想性の患者の視線と悪魔に憑かれた者との眼の動きがどのように違うかを知った。

難波はそのいずれでもないように神父は思った。少なくともこの学生が嘘を言っているのでないことは確かだった。しかし難波の言っていることは普通の人間がみれば、どうしても妄想としか考えられぬことだった。病院内の失敗をただちに犯罪と結びつけたり、自分が下痢をしたことまで犯人の脅迫と考えれば誰だって難波の精神を異常と思うのは無理もなかった。

「みんな本当なんです。しかし……芳賀という男が否定したんです。憶《おぼ》えがないって」

難波が芳賀のことを語りだした時、よほど口惜《くや》しかったのであろうか、ふたたび嗚咽がはじまった。

「ウッサン先生、信じてください」

「信じるとも」

しかし一瞬のためらいがこの時、神父の胸を走った。難波は嘘を言っていない。しかしひょっとすると彼だけが本当と信じているだけのことかもしれない。

だがこの時、神父の胸にさきほど病棟で不意に襲われたあの吐き気のするような感覚が甦《よみがえ》った。そしてその感覚と今、彼が耳にした奇怪な話とを神父は胸のなかに結びつけて考え、と同時に、

（まさか……）

それを否定しようという気持にもなった。

（とに角、大切なことはこの学生をここから出すことだ）

そう気づいた神父は、

「いいかね。安心しなさい。私が助けてあげるから」

ふたたび難波の肩に手をおいて、

「しかし君は今、むつかしい立場にいる。これはわかるね。君の話は非常に疑われやすい。だから慎重にしなければいけないね」

難波は掌で眼をぬぐいながら、うなずいた。

「そしてどうしても前の病棟に戻してもらえないなら退院したほうがいい。お父さんやお母さんに連絡をして、ここを出ることだ」

「それが……父さえも医者の言うことを信じて、一時的なノイローゼならここで治療したほうがいいと言ったんです。父もぼくのことをノイローゼと思ったようです」

「そうか。では私が今日、君のお父さんに電話をしてみよう」

ようやく学生の眼にほっとした色が浮ぶのを見ると神父は彼が決して精神的な病気ではないという確信をますます強めた。

「さあ、すべては私に任せなさい」

神父はわざと腕を折りまげて自分は強いんだというふりをしてみせた。

「クッキーを持ってきたよ。食べなさい」

彼は持参したあの箱を学生の前であけた……。

神経科の病棟を出てウッサン神父はさて、これから難波のために何をすべきかを考えた。何よりもその主治医たちに会って一体、彼等がどう考えているかを聞きたいと思った。しかし日曜日の病院には宿直医と当番医以外は勤務していないことはあきらかだった。

　さきほどの病棟のほうに向いながら、彼は念のため、もう一度、四階までのぼるか、それともこのまま駐車場に向って車に乗るか迷った。

　その時、彼は向うから一人の若い女性が歩いてくるのを認めた。女性は神父を見ると、急に足をとめた。

「ウッサン神父さまでしょ」

「はい」

「憶えていらっしゃいますか、いつか乃木坂の女子修道院でミサのあと、話をうかがった……」

　愛くるしい微笑をうかべたこの娘の顔はたしかに見憶えがあった。

「はい。忘れていません。あなたも、あなたのお話も……」

「どなたかお見舞いですか」

「私の大学の学生が結核で入院しました。それで、たずねてきました」

「まあ、私は結核病棟の女医ですのよ」

　と女医はほがらかに笑った。

「患者の名は」

「難波です。でも彼は今、神経科にいます」

「その人なら知ってますわ。ノイローゼにかかって。よくあるんです。手術を受ける患者には。でも、すぐ治りますわ」

「あなたは……彼が本当にノイローゼだと思いますか」

「でしょう。そう専門医が診断したんですもの」

女医はにっこり微笑をうかべた。

「神父さま。よかったら私の研究室にいらっしゃいませんか」

悪魔についての話

「悦《よろこ》んで」

神父はそう答えたけれども、女医の笑顔になにか、こちらをからかうような、挑戦的なものを感じた。

「ここの病院、おはじめてですの」

「はい、はじめてです」

病院特有の消毒液の臭《にお》いのするエレベーターで二人は向きあっていた。一階から二階、三階から四階——ゆっくりと昇り、ゆっくりと扉があいた。

さっきの看護婦室の前を素通りして、女医は神父の先に立って歩いた。姿勢のいい、若さにみちた颯爽《さっそう》とした歩きかただった。彼女は急に立ちどまり、一つの病室の扉をあけてなかを覗《のぞ》き、すぐにまた扉をしめた。扉の横に小林トシという名札がぶらさがっていた。

「あなたの患者さんですか」

ウッサン神父はその名札に眼をやって訊《たず》ねた。

「ええ、わたくしの患者ですの」

「重い病気ですか」

「年寄りですから。身よりのない……」

「そういう患者はかえって大事にせねばなりませんね」

神父のこの呟きに女医は足をとめてふりかえった。

「大事にしていますとも。神父さま」

神父はその時、あの感覚がふたたび背中を走るのを感じた。不吉で不快、なぜか知らぬが吐き気を催すような感覚だった。

研究室にはいると女医は、

「どうぞ。散らかしていますけど」

と椅子《いす》を奨め、

「神父さま、珈琲《コーヒー》をお飲みになります？　こんな汚らしい部屋ですけれども珈琲だけは作れますのよ」

「おねがいします」

彼女が電気ポットに水を入れ、珈琲の支度をしている間、神父は部屋の隅においてある鼠や兎の箱を眺めていた。

「何の実験をしていますか」

「薬です。でもここはほんの一部なのです」

「そうでしょうね」

湯がわいた。女医は二つの珈琲茶碗《ぢゃわん》を本や医学雑誌の散らばった机の上に並べ、香ばしい珈琲の上に湯を注いだ。

「前からお願いしようと思っていましたけど……」

「はい」

「神父さまにわたくしの結婚式のミサをあげて頂きたいのですけれど……」

「結婚式。それはおめでとうございます。いつですか」

「来月です。御承知くださいますか」

「はい」

神父にはミサを拒む権利はなかった。しかし今、引き受けながら彼はなぜか気の進まぬものを感じた。

「それは本当にいいことでした」

と彼は胸にこみあげてきた不快感を追い払うように、

「あなたはやっとこれで退屈から逃げることができます」

「退屈？　何のことでしょう」

「ほら、いつかあなたは御自分の心は乾いていると言いましたね。何と言いますか……無感動《アパシイ》で……無道徳《アモラル》だと……。しかしあなたは今、誰かを愛して結婚なさるのですから、もう無感動ではありませんね」

「神父さま」

ポットを手に持ったまま、女医は挑戦的な皮肉な笑顔をつくった。

「誰かを愛さなくても、結婚ぐらいいたしますわ。そしてわたくしの心は相変らず乾いております。何をやってみても、この心にはあの良心の呵責《かしゃく》などは起きません。今度の結婚にもわたくしは別に何の期待もしていません」

「では……」

神父は珈琲茶碗をおいて少し憤然としてたずねた。

「じゃ、なぜ結婚なさいますか？」

「向うの男の人がそれをとっても望んだからですわ。そして彼はわたくしのする、どんな我儘《わがまま》もみとめると言いましたし……それだけのことですの」

「でもあなたは、きっと生れてくる子供のために悦びをお感じになるでしょう」

彼はふたたび感じはじめた不快感を抑えてそう、会話をとりつくろうと話題を変えようとした。

「今、何の実験をやっておいでですか」

「幾つかの抗癌剤《こうがんざい》を――おわかりになります？――くみあわせて、どれがどの癌に一番に有効かためしているんです」

「それは素晴らしい仕事です。その仕事が成功すれば多くの病人を助けることができるのですから」

「ええ、そう思いますわ」

女医はからかうように神父を見あげ、

「でも神父さま。こういう実験は限界があるのですの。そこにいる鼠や兎は実験材料には使えますが、人体にはそうしてはいけないんでしょう？　でもいくら兎や鼠に効力があっても人間に無効だったら何にもなりません」

「それはジェンナー以来の大問題ですな」

神父がたんなる会話としてうなずいてみせると、女医はほほえんで、

「で……わたくしが……どうしたか、おわかりですか」

「いえ」

「わたくしは黙って一人の患者に実験してみました。うっかり失敗すればその患者は死んだかもしれなかったのですけど……」

神父は相手がまるで当然のことを言っているように笑顔をこちらに向けて自分をじっと見ているのに気がつくと、この若い女が今、何をたくらみ、何処《どこ》に自分を引きずりこもうとしているか疑った。この瞬間背すじをあのぞっとするような感覚が走った。

「もちろん、あなたはその患者の同意を得ておやりになったのでしょうね」

かすれた声で彼はたずねた。

「いいえ。相談しませんでした。相談すれば断られたでしょうから」

「同意なしに？　なぜ、そんなことを。あなたにはその権利はありません、たとえ医

者でも……」

神父は思わず怒りのこもった大声をあげた。

「それは怖《おそ》ろしいことです」

「でも神父さま」

彼女はまるで少女のように無邪気な顔をしてみせた。

「その患者はもう年をとった女ですし……生きていたって看護婦やわたくしたち医者の重荷になるだけでしょう。たとえ退院してもみんなに迷惑をかけるだけで……本当にそこにいる二十日鼠のほうがずっと人類に役にたちますもの。そんな患者を医学の実験材料にしては何故《なぜ》いけないのかしら」

「いけません」

きびしくウッサン神父は女医に向きなおった。彼は眼前にいる愛らしい、若い日本の女性の唇からこんな考えが出るとは考えもしなかった。

「どんな人間でも……」神父は烈《はげ》しく言った。「どんなに世のなかに役にたたぬ人間でも……人間は人間です」

「でも、この世にはその人が生存しているために他人を苦しめたり、傷つけたりしている者もいますわ。その人、一人がいなくなれば、あとの百人、千人が助かるというような。そんな人でも実験材料に使っちゃいけませんの」

「いけません」

「まあ、なぜでしょう」

女医は大袈裟《おおげさ》に驚いてみせた。まるで子供の前で驚いたふりをする大人のような声と身ぶりがわざとらしかった。

「神さまがそれをお許しにならぬからです」

「神さまが？　でも聖書の何処にもそんなこと、書いてありませんわ」

「書いてあります。よき牧者は一匹の羊を失うと他の九十九匹をそこにおいても探しまわる。神さまも百人のために一人を見捨てになさらないのです」

「じゃあ、伺いますけど……」

椅子の音を軋《きし》ませながら彼女は椅子に坐《すわ》りなおした。

「わたくしはたしかに抗癌剤を三つ組みあわせてその患者に実験してみました。その抗癌剤の一つは効果はあるのですけど、肝臓に非常な悪影響を与えるのです。でもその薬を他の二つの抗癌剤と組みあわせると、ふしぎに肝臓には少しも影響しないことがこの二十日鼠への投薬実験でわたくしたちにはわかっていたのですの。でも人間にはどうだろう？　わたくしはだから、あの女性患者にそっと実験したのです。わたくし以外、一人の医者のほかは誰も知りません。その結果……」

ここで彼女は言葉を切って、一瞬、間をおいてから、

「成功でした。人間の肝臓にも少しも被害を及ぼさぬことが、たった一つの症例でわかったことでも成功でした」

「あなた……苦しまないのですか、そんなことをして……」

おごそかな声で神父は女医を非難した。

「たとえ、実験が成功したとしても、あなたは怖ろしいことをやった。それが苦しくないのですか」

「苦しい？　このわたくしが？　可笑《おか》しいわ、神父さま。わたくしの心は干《ひ》からびていて、何をやっても良心の後悔は起きないと、もう申しあげたのに。その上、この実験のおかげで、うちの病院では三人の肝臓のわるい癌患者が手術可能なまでに快方にむかっていますの。もしその三人が恢復《かいふく》できたならば、わたくしの上司が次の学会で研究報告をするでしょう。そうすれば……」

勝ちほこったように彼女は神父の顔を覗きこんで、

「別の大学病院でも追試がはじまります。追試ってある報告を土台にして本当かどうか試すことですの。そうなれば、たくさんの癌患者が助かるのですもの。人の病を助

ることは神の眼から見ても善ですわ」

「目的のため、どんな手段をとってもいいと言えません。たとえその目的が善であっても」

「でもわたくしがその人体実験をやらなければ……うちの病院の三人の患者はおそらく手術もできず衰弱していったでしょうね。一匹の羊を犠牲にして九十九匹を助けるほうをわたくしは選んだのですけれど」

ウッサン神父は咽喉《のど》もとにこみあげてきた吐き気を怺《こら》えた。巧妙な理窟《りくつ》。その巧妙な理窟はその上、人間にたいする善の定義をひそかに覆《くつがえ》している。善を質で測ろうとせず、量で測ろうとしている。愛のかわりに効果だけしか考えていなかった。

「それは……悪魔的な考えかたです」

「何とおっしゃいまして？」

「あなたのお言葉からは悪魔の口臭のようなものが漂ってきます」

「ひどいわ。神父さま」

若い娘はうつむいて、悲しそうに床をみつめた。しかし彼女が本気でそう思っていないことはウッサン神父にはすぐわかった。どんな表情でもどんな身ぶりでも女のあのいやらしさがいかにも打撃をうけたような彼女の恰好から感じられた。

「なぜですの」

「あなたの理窟には愛が少しもないからです。あなたは人間を少しも愛していないのに人間のために何かをやっているようにおっしゃいます」

「ええ、そうですわ。でも人間愛がなくても、わたくしの実験は人間のために役にたったのですもの」

「そこが悪魔的なのですよ。いつか、あなたに申しあげたでしょう。悪魔は決して目だとうとしない。あの子供だましの怖ろしい姿などで出現しはしない。悪魔は実にたくみに我々の考える能力のなかに滑りこんでくるのです。主が何でも——時には人間の弱さや欠点、悪さえも利用されて我々を救いの道に至らしめるように、悪魔も何でも利用して我々を自分のほうに引きずりこみます。……非常に多くの場合、彼は外見は善きこと、正しきことにみえるものを使ってくるのです」

「じゃあ、わたくしは悪魔に利用されているのでしょうか」

女医はさっきまで萎《しお》れていた顔をあげて、今度は可笑しそうに笑った。

「わかりません。でも悪魔はあなたが今のような考えをお持ちですと、満足するでしょうね」

「ごめんなさい、神父さま。でもわたくし神も信じませんけど、悪魔の存在も信じてはいませんのよ」

「それが悪魔のつけ目です。悪魔はまるで自分などいない、そんなものがいると思うのは荒唐無稽《こうとうむけい》で非科学的で合理的ではないと皆に思わせるのが一番、よいのですから」

「でも悪魔なんて眼にみえませんもの。信じられないわ」

神父はこの無邪気を装《よそお》った娘の背後に黒い影をみた。影は彼女のそばで忠実な従者のように立っていた。

「ああ」

神父は思わず呻《うめ》き声をあげた。彼の背すじをあの感覚が――かつてリヨンのサン・ジャン地区の一角で黒ミサをたてていた家を訪れた時と同じ感覚が走ったからである。その瞬間、ウッサン神父はこの部屋に――いやこの病棟に悪魔がいるのを確信した。

「奴《やつ》がいる……」

と彼は気を失ったように頭をたれて呟いた。

「奴？」女医はびっくりして、「誰ですの。誰かいるのですか」

「悪魔です」

「まあ。どこにいるのです」

「この病棟です」

「この病棟?　神父さま。きっと、お疲れになっているのですわ。もし何でしたら安定剤でもさしあげましょうか。看護婦室にいけばありますから」

「失礼しました」

ウッサン神父は我にかえって、眼をしばたたいた。彼は自分が気を失ったような状態となり、思わぬ失言をしたことを後悔した。しかし同時にこの病棟に難波をおくことはできないとますます思うようになった。

「私は帰ります」

「お話、有難うございました」

と礼儀ただしく女医も椅子から立ちあがった。

「とても面白うございましたわ」

「申しわけないが」

ドアのノブを握りながら神父は女医にわびた。

「結婚式のミサは——他の神父におたのみ頂けないでしょうか。私はやはり愛のない結婚式の司祭をやりたくないので……」

神を畏《おそ》れぬ……


それからウッサン神父は悲しそうな顔をしてつけ足した。

「本当にあなたは立ちなおってください」

「立ちなおる？　何からですの」

彼女はわざととぼけた顔をして、とぼけた答えかたをした。しかし神父はそのとぼけた顔の裏に彼女の本当の心を探ろうとして、

「あなたの無感動な心から……です。でもそれはあなた一人の病気じゃない。自分の罪にも何の後悔も持たず、他人の苦しみにも無感覚で、いつも白けた心を持っている——そんな人間はあなただけじゃない。表向きは常識がある人間のふりをしているが、心の芯《しん》は冷えた砂漠よりつめたい。そんな人間を私はたくさん知っている。そしてあなたはその人たちより正直なだけだ」

ウッサン神父の顔はこの時、本当に泣きださんばかりだった。

「じゃあ、わたくし、どうすれば立ちなおれますの」

まだ、からかうような調子で女医は神父にたずねた。

「祈ることです。御自分が立ちなおれるよう、その干からびた心を愛でうるおすことができるよう――人間らしい人間に戻れるよう祈ることです」

「でも神父さま、わたくしはこのままのほうがいいんですのよ。このままのほうが現代人として生きていくのに色々と都合もよいんですもの。それに……祈れ、とおっしゃってもさっきも申しあげたように神さまなど信じていませんわ。悪魔の存在も信じていませんけど。御免なさい。わたくしは普通の日本人ですから……」

「では」

と神父は肩から力をぬくように溜息《ためいき》をついた。

「この私が毎日、あなたのために祈りますよ」

彼は女医の視線をその背中に感じながら、廊下に出た。そしてその視線のなかに女医の挑戦的な感情を感じた。

彼がエレベーターの前に立った時、一人の青年がその横に近づいた。患者ではないらしく青年はさっぱりとした軽快な服装をして右に小さなボストン・バッグを持っていた。

エレベーターの扉がひらいて二人がなかに入った時、ウッサン神父はその青年に軽い会釈《えしゃく》をした。青年は親しみをこめた眼つきで彼を眺めると、

「お見舞いですか」

とたずねた。

「そうです」

と神父はさきほどと同じような返事をした。

「難波という学生を見舞いました。私の大学の学生ですから」

と、青年は軽くうなずいて、

「ああ、知っていますよ。今、神経科の病棟にいるでしょう。少し神経が過敏になりすぎていますからね」

「あなたは……ドクターですか」

「いや、父の附き添いでこの病院に寝泊りしているんです。父は体が不自由ですし、手術後の経過がよくないものですから」

エレベーターが一階につくと扉がひらき、二人は空虚な待合室におりた。神父は足をとめて咎《とが》めるように青年を見あげた。

「ひょっとすると……あなたは難波と親しかった人ではありませんか」

「彼がそう話していましたか……」

まったく屈託なくその青年はうなずいた。

「ええ、難波さんが神経科に行くまで、よく交際をしていましたよ。二人とも年齢が近いものですから。ぼくは芳賀と言います」

「では……あなたは」

と神父は彼の前にたちふさがるようにして、

「彼を見すてた人ですね。私は難波からみんな話を聴いた。あなたはひどいことをしたと思いませんか」

「何でしょうか。藪《やぶ》から棒に……」

「あなたはあの学生が嘘《うそ》を言っているように医者に話しませんでしたか」

「ああ、そのことですか」

芳賀は別に狼狽《ろうばい》も動揺もしなかった。むしろ彼は詰めよってくるウッサン神父を大人げないと言うように冷やかに見ながら、

「難波さんも困ったものですね。自分の妄想の証人にぼくをよぶのですから」

「彼は妄想患者じゃない」とウッサン神父はつよく首をふった。「それぐらいはこの

私にはよくわかる」

「しかし神経科のお医者さんたちがそう診断されたのです」

「君が本当のことを言わなかったからだ」

ウッサン神父は顔を充血させた。

「君は自分の行為を恥じていないのですか」

「まあ、待ってください。神父さん。あなたは本当に難波さんの言うことを信じますか。そして彼の味方ですか」

「もちろん。難波は私の指導している学生だ」

芳賀はこの外人神父の本心を確かめるようにじっと相手の顔を凝視した。それから、

「わかりました」

と静かに答えた。

「神父さん。じゃあ本当のことを申しましょう。ぼくが彼のことについて医者に嘘の証言をしたのは……わかりますか、ぼくの日本語が……」

「わかるとも」

「それはね、そうしなければ本当の犯人がわからぬからです。難波さんは軽率にも犯人に自分が事件の真相を知っていると露骨に言ってしまいました。だから犯人は彼を

神経科にまわすように仕向け、妄想患者にしたてたのですよ。そんな時もし、この私が難波さんの言う通り、自分も同じように真相を見ぬいていると証言すれば相手はこの私を抹殺しようと必死にかかってくるでしょう」

神父は沈黙したまま芳賀の言葉を聞いていた。芳賀の口調は冷静だが、論理のすじ道は通っていて説得力があった。

「私は自分一人でこの犯人を見つけねばならないんです。難波さんには気の毒でしたが、眼をつむって嘘をついたのです」

「しかし……そのために彼がどんなに苦しんでいるか……」

「承知しています。でも私が真相の証拠さえ摑《つか》めば難波さんは助かるのです。それまで彼には少しだけ我慢してもらおうと思ったのですよ」

芳賀はそう言い終るとウッサン神父の判決を待つように両手を前で組んで顔をあげた。その物静かな誠実そうな態度に神父は危うく負けそうになった……。

「嘘じゃ……ないね」

「神父さまにまで……私は嘘は言いませんよ。私は信者ではありませんがね……」

神父はポケットのなかのロザリオを握り、眼をつむった。すると彼のまぶたにはあの神経科の病室でベッドに腰かけ、

「助けてください。先生」

と泪《なみだ》を流した難波の姿がはっきりと浮んだ。

「じゃあ、君はどこまで真相を知っているのだね」

そう訊ねながら彼はロザリオを握りしめ「主の祈り」を心のなかで呟《つぶや》いた。それは教会で彼がいつも信者たちと共に唱えるあたり前の祈りだった。

「真相……ですか」

と芳賀は答えたが、この瞬間、その声がふしぎに震えているのに神父は気づいた。

「君はその犯人が誰かを知っているのかね」

神父のものの言い方はまるで成績のよくない学生を詰問《きつもん》するように横柄《おうへい》なところがあった。

「犯人が……誰だと名ざしはできません。しかし犯人が女医だと……」

芳賀は眼をそらせ、頭に手をあてた。その瞬間、ウッサン神父はあの吐き気のするような感覚をさっき女医とエレベーターで出会った時以上に烈しく感じた。そして記憶のなかでリヨンのサン・ジャン地区の黒ミサをやっていた家の埃《ほこり》だらけの階段や、皮膚病のような壁がまるで眼前にでもあるようにはっきりと甦《よみがえ》った。

こみあげてくるその吐き気、言いようのない不快感、たまらない嫌悪感《けんおかん》、それらのまじった感情を怺えながら神父は口早に「主の祈り」を呟きつづけた。ロザリオを手にもったまま彼の唇が動くのを芳賀はチラッと眺め、あわてて呟いた。

「失礼、私は……急いでいるので……」

足早に空虚な待合室をぬけて玄関のほうに去っていこうとする彼に、

「待ちなさい」

神父はうしろから大声で呼びかけた。

「一体、なんのために君はそんな嘘をついたのだ。なぜ罪もない一人の男をあのように苦しめる」

玄関の硝子《ガラス》扉の前で芳賀はこちらをふりむいた。ふり向いたその顔からさっきのいかにも真面目《まじめ》で誠実そうな表情がまったく消え、狡《ずる》そうな笑いを唇にうかべて（神父はその顔が化粧でもしたように真白でその唇が口紅でも塗りたくったように真赤に見えた）眼に嘲《あざけ》りをこめて彼はこう答えた。

「だって神父さん。そうでもしなければ退屈じゃァないですか。私はいわゆる白けきった時代に生きているんでね」

白けきった……神父は女医が同じような言葉で同じような気持をしゃべったことを思いだした。わたくしは何にも無感動で心はひからびていると……。

「じゃあ、君が今、言ったことも嘘なのか」

「嘘かな、本当かな。どうでしょう」

狡がしこい笑いを頰にますます強く浮べて、芳賀は神父を愚弄《ぐろう》した。

「この病院で本当は何も起らなかったかもしれない。難波さんは白昼夢でもみるように勝手な妄想を持ったのかもしれないし、本当に女医の一人があんなことをやったのかもしれない。でもやったとしたら、私には彼女の気持がすごく、よくわかりますね」

「なぜ、わかるんだ」

「それは……私が彼女と同種族だからですよ。いや、彼女のなかに……私が棲《す》んでいるのです」

「悪魔《ルシフェール》！」

神父の叫びに芳賀は女性的な高い笑い声をたてた。そして硝子扉の向うの光のなかに吸いこまれるように消えていった。

五階の特等病室で年とった男が腕に点滴注射を受けている。そしてそのそばで吉田講師が女医をうしろにして聴診器を彼の胸に動かしていた。

「湧井さん。肝臓の検査結果をみましたかね」

吉田講師は聴診器をしまいながら、

「まったく異常がありませんね。これで我々としても安心してオペに踏みきれます」

自信ありげに教えた。

「有難うございました」

湧井はうれしげにうなずいて、

「一時はお先真暗で自分はこのまま駄目になるかと途方にくれましたが、これで棺桶《かんおけ》に足を突っこまずにすみましたよ」

そして彼は声を出して笑った。

「もし退院できましたら、充分、この感謝の気持を具体的に表明するつもりです。なにしろ先生たちの研究のおかげなんですから」

「もちろん恢復されて退院できますよ」

吉田講師はうしろの女医をふりかえって、

「では失礼しよう」

と病人に頭をさげた。

廊下に出ると彼は女医をふりかえり、

「今、彼が言った言葉を聞いたかい」

「はい」

「感謝の気持を具体的に表明すると言っていたね。教授がそっと洩《も》らされていたんだが、彼はぼくらの研究室に研究費を寄附するらしいよ。それも毎年」

「よろしゅうございましたね。先生」

と笑くぼをみせて若い女医はうなずいた。

「これも君のお蔭《かげ》だ。君があの時……」

と吉田講師はここで声をひそめて、

「思いきって奨めてくれなかったらね……」

「小林トシさんへの実験のことですか」

「そう……」

そして講師はまぶしそうに女医を眺めると、

「君がそんなに大胆な女とは思ってもいなかったよ。君はいつもうちの研究室では温和《おとな》しいほうだからね。他の女医諸君にくらべて……」

「大胆なんじゃありません。わたくしは女の本性をそのまま見せたのですわ」

「女？」

「先生。女って本当はこんなものなのですよ。そして殿方がおわかりにならないほど残酷なんです」

呆気《あっけ》にとられた吉田講師をそこにおいて、

「わたくし、一寸《ちょっと》、小林トシさんを診にいってきます」

と彼女は四階におりる非常口階段の扉を押した。

五分後に彼女は病室の戸をあけ、小林トシの枕《まくら》もとに立っていた。

「小林さん」

と彼女はその顔を見おろしながら、

「よかったわね。わたくしの毎日の注射であなたの肝臓が悪くならなくて。本当を言えばあれはあなたにとって、とっても危険な注射だったのよ。まちがえば、あなたは肝硬変になって死んだかもしれないの」

トシは女医が何を言っているのかわからぬらしく、キョトンとした虚《うつ》ろな眼で相手を見つめていた。

「小林さん、何なら、あなたの体にこれから色々な実験をしてみましょうか。だってあなたは世のためにも人のためにも何の役にも立たないんですもの。生きつづけたって他人に迷惑をかけるだけなんですもの。そんな人間は医学の人体実験の対象になって、ほかの役にたつ人たちのため尽すべきだと思うわ。ねえ、そう思わない」

夕陽が窓からさしこんで部屋のなかはむし暑かった。小林トシが黙っているのに女医はひとり狂ったようにしゃべりつづけた。

「とに角、わたくしはあなたを実験に使って、たくさんの人を救えるようになったのよ。神さま。何と皮肉なことでしょう」

そして彼女は微笑した。笑くぼのみえるあの可愛《かわい》い顔で……。

嘲《ちょう》　笑《しょう》

「まだ全快とはいかないが、御家族の強い御要望だからね」

と相沢医師は病み衰えた難波につきそって神経科の病棟を出た。外のつよい明るい陽光がながい間うす暗い病室にとじこめられていた難波の眼には辛《つら》かった。まばたきをしている彼には向うでこちらを見ている出迎えのウッサン神父がわからなかった。

「ほら……君の保護者だ」

相沢医師は幾分、皮肉な調子をこめてつぶやいた。と言うのは難波の退院にはウッサン神父の並々ならぬ折衝があったからだった。神父は難波の両親を説得し、相沢医師と吉田講師とにかけあってまだ完治していない難波を別の病院に移させることに成功したのだった。

「頑固な先生だね、君の保護者は。じゃあ、私はここで失敬するが、これからは妙な好奇心を持たず養生だけに専念したまえ。何と言っても自分の体の問題だからね」

親切なこの医者はそう忠告をすると難波をそこにおいて病棟に引きかえした。

「荷物はそれだけか」

近づいてきたウッサン神父は患者の手からトランクを引ったくると、

「病人は重いものを持ってはいかん」

と叱《しか》った。

「さあ、退院手続きは全部すませたよ。わるい思い出のあるこの病院のことは忘れて、あたらしい場所で治療する。そこでは修道女《シスター》たちが君の看病をしてくれる。しかし、その前に一応はここの医者たちに挨拶《あいさつ》はしておかねばいかんね」

「はい」

今は素直に難波はうなずいた。その時、衰弱しきった彼の足は少しよろめいた。彼には入院して以来、今日までこの病院での出来事がまるで悪夢のように思いだされた。

熱がある時に眼にうかぶ幻影のようだった。

「言っておくが、医者たちにこれ以上いらん事を言ってはいかんよ。ただ有難うございましたと礼を言うだけ」

「はい」

二人は結核患者だけの起居している第三病棟四階にのぼった。神父のあとから、難波はまるで怯《おび》えた犬のようにエレベーターをおり、彼にとって忌《いま》わしい思い出でしかない看護婦室や病室の並んだ廊下にそっと眼をやった。

なにもかもが一向に変ってなかった。パジャマやガウンを着た患者たちがこちらに気づいて軽く頭をさげた。しかしそれは親しみや懐《なつ》かしさをこめてではなく、神経の狂った者にたいする警戒心を持った態度だった。患者だけではなく看護婦室の看護婦と女医たちまでが同じような視線でウッサン神父と彼とを眺めた。

「色々と……御迷惑かけました」

ウッサン神父に教えられた通り難波はこわばった顔で挨拶をした。

「退院ですか」

と渡来女医がそれでも椅子《いす》から立ちあがった。注射器をいじっていた浅川女医はチラとこちらを見ただけだった。

「はい」

「まだね、すっかり快《よ》くなったわけじゃないのですから」

渡来女医は少し嫌味をつけくわえた。

「どこの病院に移るのかは知りませんが大事にしてください」

「はい。どうか皆さんに宜《よろ》しく伝えてください」

「伝えておきますわ。そうそう、あなたと仲のよかった稲垣さんはすっかり全快しました。岡本さんや畠山さんはまだまだです。芳賀さん？　ああ、あの附き添っていた人。あの人もいなくなりました」

「いなくなった？」

「ええ。お父さんと退院しましたわ」

難波は思い出したくない名前を思い出したためか、首を二、三度ふった。

ふたたびエレベーターにのって待合室までおりた二人は混みあっている表玄関から外に出た。

ウッサン神父が駐車場から車を出している間、難波はぼんやりと陽のあたっている中庭に眼をやった。その時、彼は池のそばで一人の男の子がしゃがんでなかを覗《のぞ》きこんでいるのに気がついた。

その男の子には記憶があった。いつぞやテニス・コートの金網に体を押しつけて片手に蜥蜴《とかげ》をぶらさげていたあの智慧《ちえ》おくれの子供である。そして彼は蜥蜴を「京子ちゃん」とよんでいたのも難波ははっきり憶《おぼ》えていた。

子供はしゃがみこんだまま池のなかを何か棒のようなもので掻《か》きまわしていた。

「どうした。乗らないのか」

ウッサン神父はいつの間にか車を玄関のそばにまわして運転席から声をかけた。言われるままに車に体を入れて、しかし難波の視線はまだ池の方向に注がれていた。

「何を見ている」

「ウッサン先生。あの子です。あの子が女の子を池に落したんです。女の子は京子ちゃんと言って……」

神父は黙ったまま車を走らせた。

「君は何も考えてはいかん。そんな好奇心を起したから、ひどい目に会ったんだろう。悪魔がまた君を今……誘っているのだ。あの子を見せることで」

「わかりました」

「調べてもどうにもならないよ。智慧おくれの子の言うことは警察も証言と考えないからね」

ゆっくり病院の構内を滑り門に向う車を智慧おくれの子供はじっと見ていた。そしてその車が病院の門から消えた時、その男の子は突然ニタッと笑った。ある者の眼から見れば無邪気な笑いかたであり、別の者の眼にはその笑い方はうす気味わるい狡猾《こうかつ》な笑いかただった。しかしそれに気がついた人は誰もいなかった……。

「これがぼくらには結婚前の最後のドライブでしょうね」

大塚はハンドルを握りながら婚約者に話しかけた。昨夜、二人は東名高速を五時間でとばして深夜、京都についたのだった。京都ホテルで一泊――と言っても女医のいつもの希望で部屋は別だった。

「結婚式には宮島を招待しましたよ」

「宮島？」

「忘れる筈《はず》がないでしょう。軽井沢で君が懲《こ》らしめたあの小説家ですよ。君に裸にされ犬の真似《まね》までさせられた……あれ以来、彼はぼくに会っても眼をそらしますよ。偶然、銀座ですれちがったんだけれど」

女医は大塚の言葉に関心なさそうに物憂《ものう》げに窓の外の北山の風景に眼をやっていた。

直立した北山杉の林が終ると、渓流が白く泡だって流れていた。

「どうしたんです。黙って……」

「別に……」

「こんなこと訊《き》くとまた気を悪くするかもしれないけど、なぜ君はあの男にあんなことをしたんです」

女医はハンドルを握っている大塚のほうに顔をむけた。

「いつか言ったでしょう。退屈だったからって……」

「退屈で？　その意味がぼくにはわからないんだ」

「じゃあ、こう言うわ。あの宮島さんの眼には自己満足しかなかったんですもの。今の自分にすっかり満足しているあの眼、あの眼を見ているうちに、いらいらとしてきたの」

「で……あんな懲罰を。まさか、あなたは結婚後のぼくに同じことしないでしょうね」

「わからない……」

もの憂げに眼をそらせ女医は大塚にではなく自分に言うように呟いた。彼女はそばにいるこの男との結婚生活をぼんやりと想像をした。

（なぜ、わたくしはこの男と結婚するのか）

ひからびたこの心がどんな男と出会っても潤《うるお》うことのないのは勿論《もちろん》よくわかってい
た。それならばただ便利な男と結婚するより仕方がないと彼女は考えたのだった。
大塚はその人の良さから彼女のために病院を建てることを約束してくれた。どんな
贅沢《ぜいたく》もどんな我儘《わがまま》も認めるとも言ってくれた。大塚は彼女にとって便利そのものの相
手だった。
しかしこの男と毎日、顔をあわせ、共に生活していくのはやり切れぬほど退屈にち
がいなかった。しかしそれはどんな別の男性と一緒に住んでも同じだった。
「神さまはなぜ、わたくしを罰しないのかしら」
「罰する？　急に変なことを言うんですね」
「ふしぎだわね。わたくしは一人の年寄りに人格を無視して今でも危険な人体実験を
やり続けているのよ。この間は三種類、組みあわせた抗癌剤《こうがんざい》が彼女の肝臓を悪くしな
いかの実験をしてみたの。でも実験の結果、何の影響もないことがわかったから、別
の癌患者まで救えるようになったのよ。今はこの年寄りに別の人体実験をしているの。
白血病患者の血を彼女に輸血して、果して血液癌になるか、どうかと言う……。でも
ならないのよ。その年寄りはピンピンしているわ」
女医は少し悲しそうに、

「そんなわたくしを……神さまがなぜ罰しないのかしら」

「君らしくもない」と大塚は笑った。「君が神など口にするなんて……神を信じているんですか。馬鹿々々《ばかばか》しい」

「皮肉なのはね、わたくしが神を冒瀆《ぼうとく》するような行為をすればするほど、それが善い結果をもたらすことだわ。あの年寄りの生命を無視して、人体実験をやれば、その行為が多くの患者を救えることになったんですもの」

「結果的にはあなたは善いことをしたわけですよ。それでいいじゃありませんか」

大塚には女医の言葉の意味がよくわからなかった。この俗物はそれよりも自分がいかに京都の寺々の歴史にあかるいかを婚約者にみせたがっていた。

「この周山街道を入りますとね、常照皇寺という寺があるんです。観光客など今どき、あまり行きませんよ。戦国時代からあった寺でしてね」

彼女は自分が間もなく結婚するであろう男の横顔をじっと見つめた。ベージュのスポーツ・シャツを着て、その襟につけたオーデコロンをほのかに首すじから漂わすことを得意になっている男。どこに案内するのにも自分の知識を振りまわさねばおられない男。その大塚の眼もあの宮島と同じように満足しきっていた。自分の生きかた、自分の現在に毫《ごう》も不安を感じてはいなかった。

（この男にはどんなことがあっても、今のわたくしの心などわからないだろう）

そう思うと女医は突然、言いようのない憎しみを彼に感じた。

「どうしました」

じっと見つめている彼女の視線を感じて大塚は嬉《うれ》しそうに、

「そんなに見られると、照れくさいですよ」

彼はやっぱりこの女も自分に惚《ほ》れはじめたのだと錯覚していた。でなければこんな眼つきを彼女がする筈はないと思ったのだ……。

車は小さな町をぬけて常照皇寺に向った。街道のまわりは畠《はたけ》で藁《わら》ぶきの古い農家が何軒も残っていた。

寺は丘を背にして訪れる者もなく、ひっそりと静まりかえり山門から本堂に向う路《みち》の両側で蟬《せみ》がやかましく鳴いているほかは僧の姿もみえない。

「明智光秀が信長を殺して京都を占領した頃、周山に城を築くため、この寺を相当略奪したらしいですよ」

例によって大塚は得意げに彼女によりそいながら説明をした。二人は苔《こけ》むした石段をのぼり、同じように苔むした石垣にそって本堂の庭に足をふみ入れた。湧水《わきみず》が池にそそぐ音だけが聞え、その池の上を蝶《ちょう》がひらひらと舞っていた。

「この有名な桜の大木を見てごらんなさい」

しかし彼女はそれにチラッと眼をやったまま自分の物思いにふけっていた。物思いにふけりながら彼女は本堂の裏から石段を更にのぼりはじめた。

「どこに行くんです」

「別に」

あの笑くぼをみせて女医は心に思っていることとは裏腹に可愛く笑ってみせた。

「もう一寸、上に登ってみようかと思って……」

「そっちに行っても何もありませんよ」

「そうですか」

それでも女医は石段をのぼった。うしろから大塚がついてくるのがうるさい。

(これから一生、この男はわたくしのそばをついてくるのだろうか)

ふりむくと大塚の満足しきった顔が背後にあった。決して苦しまない男。人生や死や罪について本気で考えたことのない男。ただ皆にみせるための教養だけで自分をインテリと思っている男。

女医は断崖《だんがい》のそばに立った。真下は谿《たに》になっている。

「危ないですよ。そんなところに立つと」

大塚はそれでも彼女から離れたくないらしくそばによりそって、

「こんな処《ところ》が面白いですか」

断崖の底に女医は暗い死が覗いているように思った。

汗のかすかな臭《にお》いがオーデコロンのそれにまじって大塚の首のあたりから散ってくる。その肩を突いたなら大塚はそのまま崖《がけ》の下に落ちる筈である。瞬間、彼女の手は彼を押そうとする衝動を突然、感じた。

「ぼくたちの結婚式のことですがね……」

そう言った大塚は何かを感じたのだろうか、急に眼を見開いて女医をみつめた。満足しきったあの顔にはじめて恐怖がうかんだ。

「帰りましょうか」

さりげなく女医は婚約者を促した。

断崖に背を向けながら彼女は今、来た路を引きかえしたが、その時、彼女は崖の底から笑い声を聞いた。彼女を嗤《わら》う高い笑い声を……。

「先生、この次の次にスピーチをお願いしますので、ひとつ宜しくお願いします」

ミッドナイト・ブルウの服に礼装用の銀色のネクタイをしめた青年が吉田講師たちのテーブルに近づいて、そっと囁《ささや》いた。

「ぼくに？」

「そうです。お願いします」

「ああ」

吉田講師は同じテーブルに坐《すわ》っている浅川、田上、渡来たち同じ研究室の女医に、苦笑をみせてうなずいた。

吉田講師たちのテーブルからはひとつのテーブルをはさんで、仲人《なこうど》夫妻と新郎、新婦の並んだ席があった。飾られた花の背後に空色のドレスを着た花嫁の姿があった。仲人は彼女や他の女医たちの恩師である井上教授夫妻で、教授は花婿《はなむこ》の大塚になにか話しかけていた。

あまり面白くもない老人のスピーチが終ると今度は大塚の父の友人である社長が指名された。このスピーチも紋切型だったから人々は退屈そうにナイフとフォークとを動かしていた。

「今日の彼女は病院にいる時の彼女とちがう」

と吉田講師はこわそうに隣りにいる黒い服にカトレアの花を胸につけた浅川女医に囁いた。

吉田の心を誤解した浅川女医は、

「そりゃそうですわ。病院じゃ、わたくしたち診察着を着せられて、クレゾールの臭いをプンプンさせているんですもの。女の部分はみんな消えているんですわ」

「いや、そうじゃない。彼女は無邪気なのか、それとも……」

「あの人……まだ子供みたいなところがありますわ、色々な意味で」

「そう思うか？」

「ええ。頭はいいし、勉強家だけれど生活感覚は子供っぽいんじゃないんですか」

吉田講師は不気味なものを感じながら、今の浅川女医の言葉をきいていた。彼には本当は今日の花嫁がどういう娘だったのか、よくわからなかった。あどけない無邪気な笑くぼを頰に作った彼女はたった一年先輩の浅川女医からみても子供っぽく見えたにちがいなかった。

しかしその子供っぽいような女が自分に生体実験をすすめた。小林トシの体に平気で抗癌剤の実験を行った。それも子供っぽい思いつきだったのか。

「それでは次に」

この時、司会者の男が（それはテレビによく出るフリーのアナウンサーだった）宴会場の隅からマイクに向って、

「大学病院で新婦の研究を直接指導されました吉田先生のお言葉をいただきたいと思います。吉田先生どうぞ」

と促した。

「先生、しっかり」

渡来女医が悪戯《いたずら》っぽい顔で真正面からこちらを見あげながら拍手した。今日は派手な訪問着を着た彼女にあわせて他の女医たちも手を叩《たた》いた。

「ただ今、御紹介を頂きました吉田でございます。新婦の大河内葉子さん――いや今日からは大塚さんの花嫁になられました新婦の御研究をお手伝いさせて頂いた者です」

吉田はそこで少し専門的になるがと断って花嫁の抗癌剤研究についてのあらましを

説明した。

「つまり花嫁は今、ああしてにこやかに微笑《ほほえ》んでおられますが、実は多くの苦しんでいる患者にとってはとりすがりたいような治療法の戦士なのです。実際、彼女と今このテーブルに腰かけている女医諸君の黙々たる研究のおかげで私の病院の患者はあたらしい希望の光を見つけたと思います。しかしそんな研究者の一面は今夜の彼女のどこにもありません。今日の彼女はよき配偶者をえた美しき花嫁の倖《しあわ》せにみちた顔をしておられます。私もそのような別の顔を持った葉子さんをはじめて見ました」

自分の本心とはまったく裏腹な言葉を彼は口にした。その間、花嫁は例の無邪気な笑くぼをみせて、吉田講師をやさしくながめていた。

「少し召し上ったら」

と仲人の井上教授の細君にそっと促されて、

「ええ」

「もうすぐお色なおしですよ」

招かれた客も仲人の夫妻もこの花嫁の愛くるしい顔の底に動いているものを読みとることはできなかった……。

外は糸のような雨が降っていた。そしてクルウトル・ハイムと呼ばれている上智大学のこの小さな建物の一室で二十人ほどの男女が静かにウッサン神父の話に耳かたむけていた。

「もう五回にわたって悪魔の話をしました。そしておそらく好奇心をもってこの講座にこられた人は少しがっかりなさったかもしれない。それは私が悪魔をあの『エクソシスト』やオカルト映画に出てくるように怖《おそ》ろしい力をあらわす怪物として語らなかったためでしょう」

神父は両手をこすりながら、ひくい声でしゃべった。

「私はそんな怪物や魔物のような悪魔は映画だけにいると思っています。本当の悪魔はもう何度も言ったようにそんな形では決してあらわれない。彼は空気のように稀薄《きはく》です。部屋につもる埃《ほこり》のように眼につきません。だから誰も怖ろしいと思わないし誰もそれほど注目しない。ほとんどの人間は——悪魔など子供の話に出てくるあの尾の長い、耳の大きな架空の登場者だと思っています。しかし、自分がいないと思わせることが悪魔のつけ目です。でも悪魔は……いるのだ」

ウッサン神父は突然窓の外に眼をやった。彼は、今日この大学から近いホテル・ニユーオータニであの女医の披露宴が開かれているのを思いだしたのである。皮肉か挑戦かはわからないが彼女はその披露宴の招待状を神父に送ってきた。もちろん神父は鄭重《ていちょう》に出席を断ったが……。

「悪魔は埃のように、稀薄な空気のように我々の心にすべりこんでくる。そして我々の最も現代的な心理を巧みに利用して……」

二十人ほどの聴き手の顔が神父の前に並んでいた。その顔のなかの幾つかは苦笑しながら話を聞いていた。今更悪魔なんて――時代遅れの話をなぜこの神父はやるのだろうと嘲《あざけ》るような顔もあった。

「悪魔が今、最もやろうとしているのは現代人の心のくたびれ、空虚感、なにも信ずることのできない疲労した気持――それを利用して悪をさせることです」

その時、彼はふたたびあの若い女医の無邪気を装《よそお》った表情を思いだした。

「現代人のほとんどはもう何が善で何が悪かわからなくなっている。善とみえることが悪をつくり、悪と思えることが意外と人間によい結果を与える――そんな混乱した世界にあまりに長く生きてきたからだ。そしてその結果、どんな価値も素直に信用できなくなり、心は乱雑な部屋のように無秩序になり、無秩序は精神の疲れと空《むな》しさを作っている。悪魔はそこを狙《ねら》ってやってくるのです」

ふたたび神父の瞼《まぶた》には女医の笑顔がうかんできた。あどけなく微笑み、あどけなく話しかけ――外見だけでは決して彼女の魂はわからない――悪霊《あくりょう》につかれた者はなにもヒステリーを起したり狂気じみた行動をするとは限らないのだ。憑《つ》かれた者の外見は普通の人間とは少しも変らない。いや、むしろ普通の者以上に魅力ありげにみえることさえある。

「それでは新郎、新婦の最初の協力行事としてウェディング・ケーキにナイフを入れて頂きましょう」

司会者が片手をあげると扉のそばに立っていた黒服のボーイが心得顔に灯を暗くした。そしてウェディング・ケーキにともされた蠟燭《ろうそく》のゆれる光がくだらない偽《にせ》のムードをつくった。

大塚は嬉しそうな顔をして、花嫁と席をたち白い蟻塚《ありづか》のようなケーキの前にたった。そして手袋をした彼女の手の上に自分の手をかさねて、ケーキにナイフを入れた。

「倖せですか？」

と彼は仲人夫妻にわからぬように今日から自分の妻になる女にたずねた。しかし花嫁は黙ったまま、まるで職業的にもみえる微笑みを頬につくって、客を眺めていた。微笑みは頬にあったが、眼には笑いも感情もなかった。硝子《ガラス》玉の義眼のようにつめたく、生命の光を失った眼だった。

しかし感情のないその眼が突然、動いた。動いて彼女は痙攣《けいれん》したように体を震わせた。

扉のそばに並んだ何人かのボーイのなかに彼女は一人の青年を見つけたのである。青年は、ふたたびつけられたあかるい灯のなかで彼女のほうを向いて笑っていた。見おぼえのある顔である。病棟で毎日、見ていたが話しかけたことはない。しかし彼女はその青年が父親の附き添いとして病院に寝泊りをしていたことは知っていた。こちらを向いたその顔はまるで化粧でもしたように真白い。しかもその唇が異様なほど赤かった。赤い唇で彼は嗤っていた。一瞬、その顔は彼女にはまるで曲馬団の道化師《ピエロ》かパントマイムの俳優のようにさえ見えた。

夕暮の坂路で三人の子供が捨猫《すてねこ》を苛《いじ》めていた。溝《どぶ》に落ちたらしくその仔猫《こねこ》はずぶぬれで泥がその四肢についていた。子供たちは猫をそこに放ったらかして、引きあげていった。

一人の男が通りかかってその猫に眼をとめた。飢えている猫は地面で這《は》いつくばるような恰好《かっこう》をしてないていた。

路には誰もいなかった。男はその猫をつまみあげて、ずぶぬれの体を震わせながら、小さな口をあけて苦しみを訴えている猫を見つめた。

仔猫にはどこにも愛らしさはなかった。何もたべていないらしく痩《や》せこけているのも青年にはわかった。

そして彼はこの仔猫が自分とそっくりのような気がした。町工場で働いているこの男は自分がこの仔猫と同じように醜く、誰からも愛されず、そして今後も愛されないことを知っていた。彼は世のなかと、倖せにみえる連中とをいつも心で呪《のろ》っていた。

つまみあげた仔猫が自分と同じように嫌われ醜いことに気がついた時、彼は突然言いようのない憎しみがこみあげてくるのを感じた。

「え、殺してやろうか」

と彼は仔猫を左右にふって話しかけた。

「お前なんかこの世に生れたって何の役にもたたぬ野良猫《のらねこ》なんだからな」

そして男はその仔猫をぶらさげたまま、どこかに放りこむ場所を探した。ゴミを入れたビニール袋がすぐそばにあるのに気づくと、猫をそこに押しこんでその口をしっかりとふさいだ。透明な袋のなかで仔猫がもがき暴れるのを彼はじっと見つめた。そしてやっと袋を破って猫が這い出てくると、足で溝に蹴落《けお》として立ち去った。

この坂路をウッサン神父が一人の学生と肩をならべておりてきた。

「君たちは今日の私の話を聞いたあと悪魔について何も考えなかっただろうね」

と神父はその学生に少し悲しげに話しかけた。

「はい」

と学生は一寸、困ったようにうなずいて、

「悪と言うことならわかりますが……悪魔などと言われると……やっぱり実感がないんです」

「ああ……」

と神父は溜息《ためいき》をついた。

「そうかねえ。しかしこの世にたとえば新聞にのっているような悪や、ミステリー小説に出てくるような悪だけがあるならば、どんなに生きるのは簡単だろう。嫉妬《しっと》のあまり人を殺す。貧乏のため強盗に入る。そういう悪はみんな同情できるじゃないか。貧しさや情熱《パッション》がそんな反社会的な行為に人間を走らせるのだからね。でも悪魔のやる悪はそんなもんじゃない」

「どんなものなのですか」

「もっと陰湿でもっといやらしい許しがたいものだ。摑《つか》まえようもなく、手をのばすとまるで影のように逃げてしまう」

「よく、わかりません。悪と悪魔とのちがいが」

「悪ははっきりと人間の眼にみえるよ。でも悪魔ときたら」

ウッサン神父はふかい溜息をついた。これが中世神学の権威者の出した結論だった。

「表だった行為にあらわれない場合が多いのだ。電子顕微鏡にもうつらぬビールスのようにそれは新聞やミステリー小説に出てきはしない。でも彼がとり憑いた者の心にはそのビールスはたしかにあるのだよ」

それから彼は学生に、

「難波の見舞いに今から私は行ってくる。彼はきっと立ち直ると思うよ」

と言った。

畠山と岡本の二老人がベッドの上にあぐらをかき碁石の音をわびしくたてて向きあ

っている大部屋に主任看護婦がそっと入ってきた。

「あたらしい患者さんよ」

一人の青年が母親らしい年寄りと緊張した顔で隅のベッドに紙袋やトランクをおいた。彼が看護婦から色々な注意をうけている間、母親は二人の老人に菓子箱を出して挨拶していた。

看護婦が姿を消すと彼はパジャマに着がえ、

「もう帰っていいよ」

と母親を促した。湯呑茶碗《ゆのみぢゃわん》や洗面道具をサイド・テーブルのなかに整理していた彼女は心配そうに息子の顔を眺めて、

「じゃあ、ね」

と言って扉から出ていった。

一人になった青年に畠山老人が碁石をうちながら話しかけた。

「あんた病気は何だね」

「結核です」

「結核？」

二人の老人は青年のほうに顔をむけて、

「この前までそこにいた学生も……結核だったよ」

「治って退院したんですか。その人」

青年は不安そうに訊《たず》ねた。二人の老人は黙りこくったまま首をふった。

「なぜ、退院したんです」

青年は好奇心にみちた顔でたずねた。難波がここにいた時みせた好奇心と同じような感じで……。

解説

尾崎秀樹

遠藤周作がここ何年か取り組んでいる仕事に「心あたたかな病院」のキャンペーンがある。最近、医師や医療関係者の誤診や過失がマスコミなどでとりあげられ、糾弾されることが多く、それ以外でも患者や家族たちの病院にたいする不満の声が少なくない。医療の技術や設備など科学だけが重視されて、人間的な暖かみが欠落している現状について、彼は患者の立場から病院へのささやかな願いを新聞紙上で訴え、それがもとで発足した研究会や講演会での活動をつづけてきた。

彼は身体とともに心も病んでいる病人たちの悩みが、病院側がしめすわずかな配慮で救われるのではないかと、いくつかの例をあげている。その一方で、医師や看護婦のおかれている状況を理解することも大切だと考え、両方の立場にある人々の話し合いによって、少しでも事態が改善される方向へ向うことを、運動の目的としている。それは一方的な批判や、医療機構の改革を声高に叫ぶような形とはことなり、それ以前に人間の心の問題があるのだという、いかにも彼らしい主張から出たものといえよう。

昭和五十七年四月の読売新聞に彼がはじめてその訴えを書き、運動に着手したのは、お手伝いさんだった女性が、それより二年ほど前にガンで亡《な》くなったことが、ひとつの理由だったという。あと二カ月の生命《いのち》だとわかっているのに、病院ではつぎつぎに検査を行い、それをとても辛《つら》がったというのを聞き、治療のためではなく、データを残すためだけの検査で、末期の病人を苦しめた病院のやり方は問題だと思ったそうだ。彼自身、何度か入院したことがあり、その体験ともあわせて、現代の医療に欠けた部分、つまり人間への愛を復活しようとよびかけ、話し合いの輪をひろげる運動に立ち上ったという意味を述べている。

だが実際にこの運動に着手する以前から、彼は患者が医者にたいして抱く感情に注目し、両者に心の交流がなく、医者が患者を実験の材料としてあつかい、患者が医者を信頼できなかったらどうなるかということを、痛切に感じていたに違いない。『真昼の悪魔』は昭和五十五年の二月から七月にかけて『週刊新潮』に連載された長篇《ちょうへん》だが、ここには彼のこうした問題にたいする憂慮が色濃く反映されているように思われるのだ。

これは一人の女医の心に棲《す》みついた悪魔を描いた作品だが、愛を喪失した現代の医療にひそむひとつの問題点を、人間の悪という観点からするどく衝《つ》いたものといえよう。カトリック作家である遠藤周作の文学は、キリスト教徒を主人公としてその宗教的テーマに肉薄した小説ばかりでなく、軽妙な随筆やエンターテインメントの作品でも、愛を中心に人間のありかたを真剣に見つめようとする姿勢を感じさせ、愛とは何か？　では悪とは？　といった問いかけが、さまざまな形でなされている。『真昼の悪魔』でも多くの現代人が抱いている心の渇《かわ》きにふれて、やはりその問いかけを行っているのを読みとることができる。

この作品を一読したとき、私は何となくフランスの有名なカトリック作家モーリヤックの『テレーズ・デスケイルゥ』を思い浮かべた。遠藤周作はフランスに留学中、その舞台を歩き廻ったそうだ。少年の頃、洗礼を受けたという共通点もあってモーリヤックにひかれ、愛読したこの作品から、彼は大きな影響を受けたという。テレーズは常識的な夫ベルナールに飽き足らず、閉鎖的な生活環境の中で自由への渇望《かつぼう》を抱きつづけ、その鬱積《うっせき》した感情のはけ口が、ふとなかば無意識による夫の殺人未遂事件をひきおこす。モーリヤックはテレーズの心理経過をたどることで、彼女の悪ないし罪をキリスト教的視角から追究したこの名作を書いた。しかしその状況はことなっても、一見恵まれた環境にある人物が心に飢えをおぼえ、何かによってそれを満たしたいという感情を抱くのは、現代の日本の女性にも共通するケースではなかろうか。

『真昼の悪魔』の主人公をテレーズとくらべるのは少し無理かもしれないが、同じ根をもつものだし、遠藤周作もこの女医を創造する際に、心のどこかでテレーズを意識していたとみるのは間違いだろうか。それにしても主人公の心にひそむ魔性は、けっして特殊なものではなく、似たような感情はほかの女性にもあり、それがときには異常な行動となるかもしれないことを、この作品は語っているようだ。作中で主人公が女医の彼女とだけ書かれ、その名が終り近くまではっきりしないのも、主人公が普遍性をもつ人物であることをしめすためだとみなされる。

この作品の最初に、聖イグナチオ教会の外人神父がミサのおりの説教で、集まった信者たちに向い、映画『エクソシスト』にふれ、目立たぬように忍びこむ悪魔について語るくだりがあるが、これが小説のテーマをしめすことはすぐわかる。この教会に一年ほど通った若い美貌《びぼう》の女医も話を聞くが現実感はない。優秀な成績で女子医大を出て関東女子医大附属病院の女医となった彼女は、中学生の頃から胸に巣くう空虚感が消えず、恋愛の真似事《まねごと》をしてみても酔うことはできなかった。

周囲の人々には彼女はそんな内心をみせず、いつも二つの顔を使いわけている。退屈をまぎらすために、たまに誘われた男とともにホテルへ行くと、相手の手の甲に縫針を突きたて、それを条件に身をまかせたりする。だが悪いことをしたという快感はおこらず、愚劣な時間つぶしにすぎないと思う。彼女にとって人を殺したりだましたりする悪は、それ相応の理由があり、それらの行為が本当の悪だとは考えられなかった。貧しさのために他人の金を盗んだり、嫉妬《しっと》に逆上して相手を傷つけたり、借金に苦しんで誰かを脅迫するといった人間的な理由のある悪はみみっちい悪であり、もっといやらしい悪、自己弁解の余地のない動機のないいやらしい悪をやってみたいと、高校生時代から思っていた。そして良心の呵責《かしゃく》という痛みを感じることができれば、何事にも無感動な自分から立ち直れると考えたのである。

こうして彼女はそのいやらしい悪――陰微な悪を少しずつ実行に移す。実験用の二十日鼠《はつかねずみ》を握り殺した彼女は、智慧《ちえ》おくれの男の子に、やはり自分の手で鼠を殺す快感を植えつけ、その鼠に仲間の女の子の名前をつけてそれをやらせた。つぎに鼠を水の中で溺《おぼ》れさせることを教え、その結果、女の子は男の子に池へつき落される。

一方、この病院の異常さを感じとったのは結核で入院した難波《なんば》と、父親の附き添いで病棟に来ている芳賀《はが》だった。難波が入ったベッドに以前いた患者の行方を気にした彼は、同じく好奇心のつよい芳賀に調査をたのむが、不治の病人だったその患者が自発的に退院した裏には謎《なぞ》があるらしい。二十日鼠と蜥蜴《とかげ》の死体が研究室から離れた池にあったこと、女の子の溺れかけた事件、さらに点滴のミスで一人の老婆《ろうば》が死にかかったできごとには何者かの作意が感じられることなどから、二人は女医の一人を疑いはじめる。手術をすすめられていた難波はその不安からこれらの真相を探ろうとしたのだが、下剤を飲まされ、それに抗議すると神経科の病棟に送りこまれるなど手痛い復讐《ふくしゅう》を受ける。

『罪と罰』のラスコリニコフと同様に、もはや存在価値のない老婆は死んだ方がよいと思い、看護婦のミスにみせかけて点滴の操作に手を加えた女医は、その間、財産家で俗物のプレイボーイをたくみにあやつって最後にその相手と結婚し、抗癌剤《こうがんざい》の併合による効果を知るため、人体実験をも行う。また芳賀にも裏切られた難波は狂人あつかいされたあげく、神父に救い出されるが、女医の行為は病院の組織によってカバーされ、彼女は何の傷もうけないどころか、華やかな結婚式を迎えるのである。

冒頭で悪魔の話をする神父は、作中でも彼女と対話し、告白する彼女に忠告する。それにたいして彼女は疲労だけを感じ、結局何をやっても無意味だというあきらめから脱することはできない。しかし神父の言葉は作者自身の言葉とかさなっている。女医が「わたくしはやっぱり異常《アブノーマル》じゃないでしょうか」と言ったのにたいし神父は、ただ現代の人間であると答え、「神を失ってしまえばね、人間誰でもあなたと同じようになります。あなたと同じような心でもその人たちが普通の生活をしているのは社会の罰がおそろしいからだけです」と言う。そして良心の呵責を求めるために悪を行うよりも心の悦《よろこ》びを得るために善いことをなさい、心に起きなくても形だけでもやるのですとすすめるが、作中で女医がそれに従った形跡はない。

中世神学の権威者である神父は作品の結末で、悪ははっきりと人間の眼にみえるが、悪魔がとりついた者の心には、誰にもとらえようのないビールスが存在すると溜息《ためいき》をもらす。

『真昼の悪魔』は推理小説《ミステリー》と銘うたれているが、筋がきでも分るように犯人の性格もやった行為もすべて最初からあきらかで、真犯人はむしろ人間の心にひそむ悪魔だと述べているあたり、いわゆるミステリーを期待する読者はまったく別の印象を受けるに違いない。遠藤周作はすでにふれたように、エンターテインメントの作品においてもカトリック作家としてのテーマを追究しているが、ここでは現代人の心の荒廃にするどくきりこみながら、現代社会のどこにでも存在しているのに眼にみえない悪について語っている。西欧のキリスト教を日本の文学に根づかせようと努力してきた彼は、この作品では、現代日本の医療問題を素材として、主人公の女医と彼女を囲む病院のあり方に焦点をあてているのである。

（昭和五十九年十一月、文芸評論家）

本当の悪と善

中江有里

わたしが初めて遠藤周作作品に触れたのは、高校生の頃だ。その作品『砂の城』に大きな衝撃を受けたわたしは、その後遠藤作品を読みあさった。その時はなぜこれほどに遠藤周作に惹《ひ》かれるのか、自分でも理由がわからなかった。

今回この解説を書くために本書を読み、遠藤作品に浸っていた頃の感覚がよみがえった。簡単に感情移入を許さず、突き放すようなのに離れられない。心の芯《しん》を覗《のぞ》かれるような感覚。自分の中に隠し持っている悪や罪を見透かされ、指さされる。逃げたいのにどこにも逃げようもなく、ただ突っ立っているしかない。指さされて動けなくなった十代の頃と変わらない自分がそこにいることを思い知らされた。

『真昼の悪魔』は高校生の時以来、ほとんど何も感動することのなくなった女医が主人公だ。ひび割れて枯渇してしまった地面のような心の持ち主である女医は、自分の心に良心の呵責《かしやく》が起こるかどうかを試そうと、この世で最もいやらしい悪をやってみようとする。

盗んだり、人を傷つけたり、殺したり、誘拐、脅迫というような新聞や小説に出てくる悪ではなく、本当の悪――自己弁解の余地のない動機のない悪とはいったいどんなものなのか、考えるだけで心が端から凍り付くような冷え冷えとした気持ちになってくる。一度知ってしまったら、もう知らなかった頃には戻れない。だけど知りたいと思う。

主人公が医者であることは、物語に大きな効果をもたらしている。医者は治療のために患者に痛みや苦しみを感じさせてしまう場合がある。もしくは死を待つばかりの重い病の患者なら、自分の無力さに打ちひしがれるかもしれない。つまり患者に対し、医者が過剰な同情や共感を持つことで、治療に何らかの影響が出ることが考えられる。医者も人間なのだから仕方がない。

ところがこの女医は人間らしい感情を持ち合わせていないのだから、こうした心配は要らない。人道的でも職業的でもなく、道徳もない医者なのだ。患者が苦しんでいても、本心からかわいそうだとは思わない。誰かが死んでも無感動である。ただし女医は医者らしく自らの心の病を自覚する。そして自らを救おうと心の治療薬がわりに、本を読む。

カミュ『異邦人』には何も感動せず、陶酔しない女、ドストエフスキー『悪霊』には渇いた心を癒《い》やすために、幼い少女にひどい仕打ちをする男が登場する。両作品の主人公は、女医とそっくりであった。

そもそも良心の呵責が起こるというのは自然現象であり、普通はわざわざ起こすものではない。しかしそれを実験のようにやってみせようというのがこの小説の興味深く、恐ろしいところだ。心が痛くなったり、苦しくなったりするのはなぜなのだろうか。心を見たものはどこにもいない。ただ痛くなった本人がそう感じるだけなのだ。

以前「なぜ人を殺してはいけないのか」という質問がメディアで話題になった時、正直すぐに言葉が出てこなかった。いけないことはわかっているし、幸いにも「殺してやりたい」ほど人を憎んだこともない。

「人を殺さない」ことは、その理由を言葉にするまでもないくらい当たり前のことだった。しかし当たり前すぎて、いつのまにかその理由を言葉に変換できなくなってしまったのではないだろうか。

こんな風に法律やルールで決められたから、という理由で「殺人」が起こらないかといえば、やはり起こる。その動機には被害者への恨み辛《つら》みが原因のものもあれば、

「誰でも良かった」という身勝手かつ偶発的なものもある。前者の理由ははっきりとしたものだが、後者は謎《なぞ》だ。

たとえば「人を殺して死刑になりたい」と無差別に人を殺す加害者がいる。これは「自殺のための殺人」であり、自分自身で殺すのではなく「殺人罪」という自らの死にふさわしい理由をつけて、誰かから罰せられることを待ち受ける自殺である。

本作の主人公の場合は違う。いやらしい悪を実行し、自分自身を問うている。法律でもルールでもなく、他者から罰を受けるのでもなく、ただひたすら悪を追求し自分の心がどう動くかをじっと観察している。入院患者の子どもに恐ろしい行為をさせても、何の呵責も自己嫌悪《けんお》も胸に湧《わ》いてこず、反省心もない。そういう自分を遠くから眺《なが》めている。舞台上の俳優を見る観客のように。

まるで悪魔のような女医だが、悪魔そのものだと思えない。なぜなら彼女は人間の悪に対する呵責の存在を信じているからだ。

あるはずのものが自分にはない、「良心の呵責の不在」が猟奇的とも言える行為に女医を走らせる。この矛盾の前に、人間の不完全さを、遠藤作品に通底する人間へのまなざしを感じる。どれほどに非道であっても、女医はある意味純粋である。ゆえに自分で自分を罰することが出来ずに苦しんでいる。

女医が純粋であるからこそ、悪魔が彼女の心に取り憑《とっ》き、その悪魔を退治することで、彼女はごく普通の感情を取り戻せると信じているのだ。

本作はある女医を通して、悪の本質に迫っていくが、一種のミステリーとして読むことが出来る。女医の名前はある地点まで明らかにされないので、読み手はいったいどの女医なのかと推測するだろう。そのうち誰もが感情のない女医に思えてくるから不思議だ。

女医について病院スタッフや女医に惹かれる大塚は、「女子高生のように無邪気で「小悪魔のよう」だと言う。

特に吉田（男性全般ともいえる）に対する冷酷な女医の視線に興味を引かれた。吉田講師から紹介された大塚は、銀座の時計屋の息子で資産家である。彼は通俗的でありながら特別な人間のように振る舞う。魅力的な女医を前にして気取り、見栄《みえ》を張っているのだが、女医には全《すべ》て見透かされている。

女医は大塚に「神がなぜ自分を罰しないのか」と聞く。なぜ彼女は、大塚にこれほど本質的な質問をしたのだろうかと気になった。

そしてこう考えた。大塚には決して理解されないとわかっているから、女医は彼に本心を話せるのではないだろうか。もし彼女の本心を知ったとしたら、他人は彼女から離れていくだろう。大塚は理解しないから離れない。そして女医自身も、自分からは決して離れられない。大塚への問いは、女医自身への問いだった。

一方でウッサン神父は女医の理解者と言えるだろう。神父は女医に「悪をやるより、善いことをして心の悦《よろこ》びを得るように」とアドバイスするが、彼女には善いことが何かがわからない。わからなければ、やりようがない。

作中、女医によって行われた人体実験ともとれる治療が効果をあらわし、患者が救われる場面があるが、やってはならない実験によって、人の命が助かった。つまり悪と善はオセロのようにひっくり返ってしまうのだ。本当の悪を知ることは、本当の善を知ることでもあるのだと思う。

善いことと悪いことは全く違うように見えて、どこかでつながっているし、人によってひっくり返されてしまう。本作ではその先の世界——善と悪の区別が付かない世界に触れている。

善と悪の混乱の中で長く生きた結果、心は乱雑、無秩序となったのが女医そのものであり、悪魔はそこを狙《ねら》ってやってくるのだ、と。

なおこの小説が書かれた時代は昭和五十五年であるが、善と悪は以前にもまして混乱しているように感じる。
本書がこの時代に復刊されることの意味を考えながら筆を置く。

（二〇一五年七月、女優・作家）

この作品は昭和五十五年十二月新潮社より刊行された。

表記について

新潮文庫の文字表記については、原文を尊重するという見地に立ち、次のように方針を定めました。

一、旧仮名づかいで書かれた口語文の作品は、新仮名づかいに改める。
二、文語文の作品は旧仮名づかいのままとする。
三、旧字体で書かれているものは、原則として新字体に改める。
四、難読と思われる語には振仮名をつける。

なお本作品中、今日の観点からみると差別的ととられかねない表現が散見しますが、作品自体のもつ文学性ならびに芸術性、また著者がすでに故人であるという事情に鑑み、原文どおりとしました。

（新潮文庫編集部）

遠藤周作著

白い人・黄色い人

芥川賞受賞

ナチ拷問に焦点をあて、存在の根源に神を求める意志の必然性を探る「白い人」、神をもたない日本人の精神的悲惨を追う「黄色い人」。

遠藤周作著

海と毒薬

毎日出版文化賞・新潮社文学賞受賞

何が彼らをこのような残虐行為に駆りたてたのか？　終戦時の大学病院の生体解剖事件を小説化し、日本人の罪悪感を追求した問題作。

遠藤周作著

留学

時代を異にして留学した三人の学生が、ヨーロッパ文明の壁に挑みながらも精神的風土の絶対的相違によって挫折してゆく姿を描く。

遠藤周作著

母なるもの

やさしく許す〝母なるもの〟を宗教の中に求める日本人の精神の志向と、作者自身の母性への憧憬とを重ねあわせてつづった作品集。

遠藤周作著

彼の生きかた

吃るため人とうまく接することが出来ず、人間よりも動物を愛し、日本猿の餌づけに一身を捧げる男の純朴でひたむきな生き方を描く。

遠藤周作著

砂の城

過激派集団に入った西も、詐欺漢に身を捧げたトシも真実を求めて生きようとしたのだ。ひたむきに生きた若者たちの青春群像を描く。

遠藤周作著

悲しみの歌

戦犯の過去を持つ開業医、無類のお人好しの外人……大都会新宿で輪舞のようにからみ合う人々を通し人間の弱さと悲しみを見つめる。

遠藤周作著

沈　黙

谷崎潤一郎賞受賞

殉教を遂げるキリシタン信徒と棄教を迫られるポルトガル司祭。神の存在、背教の心理、東洋と西洋の思想的断絶等を追求した問題作。

遠藤周作著

イエスの生涯

国際ダグ・ハマーショルド賞受賞

青年大工イエスはなぜ十字架上で殺されなければならなかったのか――。あらゆる「イエス伝」をふまえて、その〈生〉の真実を刻む。

遠藤周作著

キリストの誕生

読売文学賞受賞

十字架上で無力に死んだイエスは死後〝救い主〟と呼ばれ始める……。残された人々の心の痕跡を探り、人間の魂の深奥のドラマを描く。

遠藤周作著

死海のほとり

信仰につまずき、キリストを棄てようとした男――彼は真実のイエスを求め、死海のほとりにその足跡を追う。愛と信仰の原点を探る。

遠藤周作著

王国への道

―山田長政―

シャム(タイ)の古都で暗躍した山田長政と、切支丹の冒険家・ペドロ岐部――二人の生き方を通して、日本人とは何かを探る長編。

遠藤周作著

王妃 マリー・アントワネット（上・下）

苛酷な運命の中で、愛と優雅さを失うまいとする悲劇の王妃。激動のフランス革命を背景に、多彩な人物が織りなす華麗な歴史ロマン。

遠藤周作著

女の一生

一部・キクの場合

幕末から明治の長崎を舞台に、切支丹大弾圧にも屈しない信者たちと、流刑の若者に想いを寄せるキクの短くも清らかな一生を描く。

遠藤周作著

女の一生

二部・サチ子の場合

第二次大戦下の長崎、戦争の嵐は教会の幼友達サチ子と修平の愛を引き裂いていく。修平は特攻出撃。長崎は原爆にみまわれる……。

遠藤周作著

侍

野間文芸賞受賞

藩主の命を受け、海を渡った遣欧使節「侍」。政治の渦に巻きこまれ、歴史の闇に消えていった男の生を通して人生と信仰の意味を問う。

遠藤周作著

夫婦の一日

たびかさなる不幸で不安に陥った妻の心を癒すために、夫はどう行動したか。生身の人間だけが持ちうる愛の感情をあざやかに描く。

遠藤周作著

満潮の時刻

人はなぜ理不尽に傷つけられ苦しみを負わされるのか——。自身の悲痛な病床体験をもとに、『沈黙』と並行して執筆された感動の長編。

新潮文庫最新刊

恩田陸著

歩道橋シネマ

その場所に行けば、大事な記憶に出会えると——。不思議と郷愁に彩られた表題作他、著者の作品世界を隅々まで味わえる全18話。

藤沢周平著

決闘の辻

一瞬の隙が死を招く——。宮本武蔵、柳生宗矩、神子上典膳、諸岡一羽斎、愛洲移香斎ら歴史に名を残す剣客の死闘を描く五篇を収録。

三上延著

同潤会代官山アパートメント

天災も、失恋も、永遠の別れも、家族となら乗り越えられる。『ビブリア古書堂の事件手帖』著者が贈る、四世代にわたる一家の物語。

中江有里著

残りものには、過去がある

二代目社長と十八歳下の契約社員の結婚式。この結婚は、玉の輿？ 打算？ それとも——。中江有里が描く、披露宴をめぐる六編！

三国美千子著

いかれころ

新潮新人賞・三島由紀夫賞受賞

南河内に暮らすある一族に持ち上がった縁談を軸に、親戚たちの奇妙なせめぎ合いを四歳の少女の視点で豊かに描き出したデビュー作。

赤松利市著

ボダ子

優しかった愛娘は、境界性人格障害だった。事業も破綻。再起をかけた父親は、娘とともに東日本大震災の被災地へと向かうが——。

新潮文庫最新刊

瀬戸内寂聴著
老いも病も受け入れよう
92歳のとき、急に襲ってきた骨折とガン。この困難を乗り越え、ふたたび筆を執った寂聴さんが、すべての人たちに贈る人生の叡智。

新井素子著
この橋をわたって
人間が知らない猫の使命とは？　いたずらカラスがしゃべった？　裁判長は熊のぬいぐるみ？　ちょっと不思議で心温まる8つの物語。

近衛龍春著
家康の女軍師
商家の女番頭から、家康の腹心になった実在の傑物がいた！　関ヶ原から大坂の陣まで影武者・軍師として参陣した驚くべき生涯！

片岡翔著
あなたの右手は蜂蜜の香り
あの日、幼い私を守った銃弾が、子熊《あなた》から母さんを奪った。必ずあなたを檻から助け出す、どんなことをしてでも。究極の愛の物語。

町田そのこ著
コンビニ兄弟2
—テンダネス門司港こがね村店—
地味な祖母に起きた大変化。平穏を崩す美少女の存在。親友と決別した少女の第一歩。北九州の小さなコンビニで恋物語が巻き起こる。

萩原麻里著
巫女島の殺人
—呪殺島秘録—
巫女が十八を迎える特別な年だから、この島で、また誰かが死にます——隠蔽された過去と新たな殺人予告に挑む民俗学ミステリー！

真《ま》昼《ひる》の悪《あく》魔《ま》

新潮文庫　　え - 1 - 20

昭和五十九年十二月二十日　発　行
平成二十七年八月三十日　三十六刷改版
令和四年一月二十五日　四十一刷

著者　遠《えん》藤《どう》周《しゅう》作《さく》

発行者　佐藤隆信
発行所　株式会社新潮社
郵便番号　一六二―八七一一
東京都新宿区矢来町七一
電話　編集部(〇三)三二六六―五四四〇
　　　読者係(〇三)三二六六―五一一一
https://www.shinchosha.co.jp

価格はカバーに表示してあります。

乱丁・落丁本は、ご面倒ですが小社読者係宛ご送付ください。送料小社負担にてお取替えいたします。

印刷・株式会社光邦　製本・株式会社植木製本所

ISBN978-4-10-112320-2 C0193